Combate de luz e trevas

Diderot, Sade e o século XVIII literário

André Luiz Barros da Silva

Combate de luz e trevas

Diderot, Sade e o século XVIII literário

alameda

Grafia atualizada segundo o Acordo Ortográfico da Língua Portuguesa de 1990, que entrou em vigor no Brasil em 2009.

Edição: Haroldo Ceravolo Sereza e Joana Monteleone
Editora-assistente: Ana Júlia Ribeiro
Projeto gráfico, diagramação e capa: Betânia Santos
Revisão: Haroldo Ceravolo Sereza
Assistente acadêmica: Tamara Santos
Imagem da capa: La balançoire (O balanço), de Fragonard (1750-52)

CIP-BRASIL. CATALOGAÇÃO NA PUBLICAÇÃO
SINDICATO NACIONAL DOS EDITORES DE LIVROS, RJ

S578c

Silva, André Luiz Barros da
Combate de luz e trevas : Diderot, Sade e o século XVIII literário / André Luiz Barros da Silva. - 1. ed. - São Paulo : Alameda, 2024.
176 p. ; 21 cm.

Inclui bibliografia
ISBN 978-65-5966-283-8

1. Literatura brasileira - História e crítica. 2. Sade, marquis de, 1740-1814 . 3. Diderot, Denis, 1713-1784. I. Título.

24-91776 CDD: 809
CDU: 821.134.3(81).09

Gabriela Faray Ferreira Lopes - Bibliotecária - CRB-7/6643

ALAMEDA CASA EDITORIAL
Rua Treze de Maio, 353 – Bela Vista
CEP 01327-000 – São Paulo – SP
Tel. (11) 3012-2403
www.alamedaeditorial.com.br

Índice

Sade imagina o desejo – A fantasia na obra do marquês

Um espectro ronda a obra de Donatien Alphonse François de Sade – a vontade de ler sua obra como uma filosofia sistematizada de revolta anticoletivista. Certas características formais das narrativas de Sade induzem o leitor (mesmo o mais preparado, o pesquisador, o especialista) a tratar sua obra como a de um dos *philosophes* do século XVIII e da virada para o XIX. Um aspecto de superfície que salta aos olhos é a qualidade do narrador sadiano, um narrador-interventor que tem como característica ser um narrador-moraliste – no sentido dado à palavra *moraliste* no século XVII francês, mas que, na modernidade pós-século XVIII se transformará em um narrador-interventor indesejado, já que a tendência da narrativa ficcional, na cultura ocidental como um todo, será um caminhar cada vez mais radical em direção ao que se poderia chamar de "neutralização" do narrador. Se no(s) romantismo(s) essa neutralização se liga ao pressuposto de transparência do narrador que expressa sua "verdade do coração", no(s) realismo(s) é exercida a partir do narrador em terceira pessoa e onisciente.[1] Em retrospecto, percebe-se que não há como a alme-

1 Os plurais indicam a amplitude e a pluralidade intrínseca desses (mega) movimentos culturais.

jada neutralização ser atingida de forma cabal – o que não impediu que, em suas respectivas épocas, ela fosse idealizada e praticada como projeto, finalidade. Tratemos desse ponto para, em seguida, depois de refletir sobre a saudável crítica recente à mitificação do Sade suposto pensador anti-iluminista, focalizarmos até que ponto o momento contemporâneo parece disposto a lidar com as obras sadianas menos radicalizadas – que são mais intrinsecamente ligadas à autolegitimação do romance moderno.

★

A ideia de que o mais amoral dos escritores do século XVIII pratica um moralismo do narrador sempre nos deixou intrigados, a nós, leitores modernos. Isso ocorre apenas quando não chegamos a compreender que os gêneros de transição do século das Luzes, aqueles que preparariam o prestígio futuro do romance como gênero literário central da modernidade, trazem ainda escolhos e sujeiras dos gêneros pré-modernos, embora tentem se distinguir destes últimos. Jean Ehrard, escrevendo sobre *Aline e Valcour* nos anos 1980, destacou a ambiguidade não totalizante daquele primeiro romance de Sade, que muitos reputavam como maniqueísta. Com Ehrard, podemos dizer que, se os prefácios e mesmo o narrador interveniente de Sade em geral passam uma ideia bipolar, de que as narrativas servem a um embate entre vício e virtude (em que o autor esotérico[2] defenderia a inexorável superioridade pragmática e materialista do vício, e o exotérico simularia acatar a ideia de que a literatura deve retratar a vitória do vício apenas no sentido de constituir uma advertência em negativa em prol da virtude), a verdade é que o grau de com-

---

2 A diferenciação é de Michel Delon: esotéricas, publicadas anonimamente, são obras radicais nas descrições e argumentações em prol do erotismo materialista; exotéricas são obras que saíram publicadas com a assinatura de Sade e trazem o estilo da literatura da *sensibilité*.

plexidade dos escritos hoje pouco afamados (ou mesmo estudados) de Sade, ou seja, suas obras que dialogam com a famosa *sensibilité* [sensibilidade] inaugurada por Marivaux, Prévost e Richardson nos anos 1730 e 1740, são muito menos maniqueístas do que se imagina. Destaquemos apenas um ponto: o já citado romance *Aline e Valcour*, classificado por Sade de "romance filosófico", é um híbrido entre romance de *sensibilité*, romance epistolar e romance (ou conto) filosófico. O patente hibridismo enriquece a visão que se pode ter do romancista que tenta lidar com as potencialidades máximas do gênero – e a maior prova do Sade interessado intrinsecamente no gênero romance é seu famoso prefácio-ensaio *Idée sur les romans* [*Reflexões sobre os romances*].

Se o conto filosófico de Voltaire ou Diderot foi irônico e humorístico, as aventuras utópicas incrustadas em *Aline e Valcour* são sérias e patéticas, e tal característia, tanto nesse romance quanto nos contos de *Les crimes de l'amour* [Os crimes do amor] – a outra obra ficcional publicada sob sua assinatura em vida (portanto, obra exotérica) –, constitui objeto de estudo privilegiado para se conhecer a estratégia sadiana de construção de uma obra que fugisse da condenação de libertinagem, fosse literária, fosse jurídica e real (a imagem do homem libertino, preso, obviamente aderira à do autor de obras licenciosas). Trata-se de esforço do autor para abrir um diálogo, extritamente romanesco, que o tirasse da insularidade, da "sociedade secreta" da escrita – no caso de Sade, em prisões e manicômios, no dos personagens libertinos, em castelos orgiásticos como o de Silling, em *Os 120 dias de Sodoma*.

Ou seja, a nosso ver, com as narrativas de *sensibilité*, Sade tenta pensar os limites entre a libertinagem (o sistema do desejo não-coletivo, revoltado contra qualquer institucionalização) e a nova lógica dos sentimentos, patente nos romances sentimentais (ou da *sensibilité*). Hoje, resiste-se a sua leitura, pois nessas obras não se é convidado a adentrar o esconderijo autárquico dos libertinos, cujo fascínio para pensadores do século XX foi patente, de P. Klossowski a T. Adorno, de M. Blanchot e G. Bataille a R. Barthes e M. Foucault. Nessas obras é o hibridismo entre *sensibilité* e libertinagem que nos desafia, ainda mais tendo as obras esotéricas como parâmetro virtual inescapável. Preferimos a palavra hibridismo – ou ainda, como J.-C. Abramovici, na esteira de Bakhtin, polifonia – pois dá a ideia de mistura a integrar uma pluralidade de formas discursivas, e se afasta da redução a um embate binário entre personagens sensíveis e libertinos.[3] Tal hibridismo, por outro lado, oferece a chance de se pensar os limites da subjetividade individual positivada no espaço coletivo ou público – questão que é apenas e tão somente radicalizada ao paroxismo nos escritos esotéricos do autor. Nesses, a conclusão é clara: há um espaço (mesmo que virtual, já que deve estar "fora da cena pública", no sentido estrito da palavra "obsceno"), onde o indivíduo resiste à institucionalização (e, portanto, à coletivização) dos vários domínios da vida moderna. Se é possível construir imaginativamente esse espaço, será que no espaço da sociedade concreta, onde dominam os discursos da "segunda natureza" institucional, ele pode ser praticado, a partir daquele imaginado? Essa parece ser a questão de que as obras *sensibles* do autor não fogem.

Como se destacou, os escritos mais radicais de Sade induziram tanto leigos quanto filósofos de renome a levarem-no "a sério" – no sentido de uma vontade de verem nele um filósofo portador de um

---

3 ABRAMOVICI. 2013, p. 35. "Mais que o diálogo anunciado entre linguagem da virtude' e jargão libertino, a estrutura de *Aline e Valcour* confronta as duas modalidades romanescas do epistolar [...] e do romance-memórias *à la* Prévost [...], segundo uma dupla dinâmica, formalista e inflacionista" (trad. nossa). M. Delon indicara um "tremor de identidades" no romance: o par libertinagem/virtude não seria chave de leitura da obra. Cf. DELON, 2004.

sistema, vontade essa criticada por Éric Marty no livro *Pourquoi le XXè siècle a-t-il prendre Sade au sérieux?* [Por que o século XX levou Sade a sério?] (2011). O século do estruturalismo e das ciências humanas a escavar o "subsolo do humano e do social" (psicanálise, antropologia, linguística etc.) tentou fazer dele algo como um filósofo para acabar com todos os filósofos – contra a própria vontade de Sade, por assim dizer. Se suas obras são romances ou contos "de ideias" – em sintonia com o que Bakhtin percebeu em Dostoiévski, por exemplo[4] – nunca poderia ser visto como sistematização filosófica. Não pode haver dúvidas de que Sade não queria fundar uma filosofia. Foi escritor de contos e romances e, como tal, podia se utilizar de sistemas filosóficos, mimetizar sua linguagem e sua tendência à sistematização, simulá-los na pena de seu narrador ou na boca de seus personagens, mas todos esses discursos sempre estariam à serviço da ação narrativa (os personagens e o narrador teriam que, em algum momento, estancar seus discursos pseudodogmáticos e agir – ou narrar ações).

Essa constatação nos parece pôr por terra qualquer fascínio por erigir Sade como "filósofo radical", mas também esvazia a ojeriza possível diante do monstro, do imoral, do degenerado que pôs no papel (ou em rolos de papel) sua patologia. Ler a obra de Sade como a de um escritor – que ficcionaliza a moral, mas também, no seu caso, o avesso silenciado da moral – ,essa parece ser a maior dificuldade de leitores modernos como nós, sejam eles pesquisadores ou não, apesar da progressiva neutralização – inclusive moral – do narrador a partir principalmente do(s) realismo(s) do século XIX.[5] Em todo

4 No movimentado século XVIII se viu surgirem formas romanescas variadas, nenhuma sendo ainda hegemônica. No século XIX dá-se a centralidade do narrador onisciente realista, cuja crise é retratada por M. Bakhtin a partir da obra de Dostoiévski. Cf. BAKHTIN, 2008.

5 Pense-se, neste ponto, no caso *Madame Bovary*: juízes diante da nova ideia (moderna) de neutralidade moral de um narrador que não toma partido. É o momento de desligamento entre obra literária e moral.

caso, tal pendor à neutralização parece sofrer uma mutação cultural de peso, em momento de retorno dos discursos eminentemente identitários, que parecem mesmo combater a possibilidade de uma "suspensão do juízo moral", algo a que, a nosso ver, a ficção daria acesso.[6] Não se precisa temer ou odiar os libertinos, nem desprezar os *sensibles* [sensíveis] – ,precisa-se perceber a estrutura e os desvãos significativos da dinâmica interna da obra, do choque entre ideias e personagens, da polifonia própria não a se totalizar numa tese, mas a duplicar caminhos de significação, expandindo o que se pensa sobre ética, corporalidade, cinismo, indiferença ao sofrimento alheio, fidelidade, casamento, infidelidade, ateísmo, sodomia etc.

Portanto, dúvidas e ambiguidades em relação a Sade surgem quando se quer afastá-lo do campo propriamente literário e artístico e se tenta retratar sua obra como potencialmente legível como sistema filosófico (seja materialista, seja neoepicurista, seja "típico da época das Luzes", seja "de base biológica ou fisiológica" etc.). Mas há um outro domínio temático em direção ao qual sua narrativa caminha e, como é característico, chega mesmo a forçar um ultrapassar, um transbordamento. Por um lado, há o já bastante estudado transbordamento típico do libertino: o do excesso, do gozo como excedente de prazer (e todo excesso pode levar ao desprazer, já que está "para além do princípio do prazer", como dizia Freud), uma lógica que necessariamente ignora direitos, deveres, leis, dores alheias, dores próprias,

---

6 A teoria do romance aponta, pelo menos desde os formalistas, com ênfase em Bakhtin, a sobreposição do plano estético aos planos racionais e argumentativos. Deles até Iser e Derrida, pensa-se que a pluralidade de discursos e a potencial proliferação de sentidos apontam para a indiferenciação das possibilidades de conclusão unificada, transferindo ao leitor o trabalho de projeção de suas próprias balizas filosóficas e éticas (conscientes ou não) no ato de leitura, de modo a testá-las, compará-las e, eventualmente, refletir sobre seus limites e possíveis deslocamentos.

em suma, todo e qualquer domínio de alteridade e de coletividade, subjugando ao outro (a alteridade) e, pior, a si mesmo (repetição tirânica), na soberania do imperativo do gozo, que é implacável e não admite freios externos.[7] Porém, é também importante destacar o outro lado, menos explorado, dessa moeda. É menos explorado não apenas porque o "mito" de Sade se manteve ligado à exacerbação do personagem do libertino, mas também porque os romances da *sensibilité*, de Marivaux, Prévost e Richardson, entre muitos outros autores, os quais constituíam leitura básica de qualquer homem ou mulher do século XVIII (e H. Chung mostra, ao analisar a biblioteca particular de Sade, que ele era leitor voraz desse tipo de literatura[8]), são muito menos lidos hoje em dia.

Como mostrou Éric Marty, ao longo do século XX, de Blanchot a Bataille, de Canguilhem a Deleuze e Foucault, a obra de Sade foi utilizada como um caso-limite dessa sistemática libertina, no sentido de fazer casar o erótico-corporal com o associal e não-gregário (para usar uma palavra cara a Nietszche, esse inimigo do gregarismo). Por baixo dos embates políticos e ideológicos do século, esse fundo irracionalista será uma arma bastante próxima de uma paradoxal "sistemática da diferença", ou seja, uma sistemática

7 Utilizamos conceitos da psicanálise – ao centro, o de desejo – julgando que a obra de Sade inclui uma dinâmica que só será incorporada, teoricamente e, num segundo momento, nos discursos corriqueiros da cultura, como saber compartilhado no século XX, a partir do sucesso da psicanálise. É o que chamamos de dinâmica do desejo, com a positividade das pulsões do indivíduo (seu gozo), às voltas com as pressões que lhe contrapõe o mal-estar na e da cultura. Em Lacan há a ideia de que o gozo individual é um "pagamento" ao desejo advindo da alteridade abstrata (o que Lacan chama de "o Outro"). Sendo demanda de alteridade em aberto, o gozo torna-se um imperativo – ligado a uma história pulsional do inconsciente do indivíduo – para além do que ele conhece ou planeja.

8 Cf. CHUNG, 2003.

daquilo que escaparia às sistemáticas abstratas (explícitas ou não) que mantêm de pé estruturas coletivas (de poderes). Mas algo muda na avaliação da obra de Sade na *História da sexualidade*, de Foucault (1976), onde a nova teoria do poder no Ocidente ali exposta leva o autor a descrever a obra sadiana como um dispositivo a mais de um projeto geral da modernidade não de contraponto irracionalista e concreto-corporal às abstrações apaziguadoras e organizadoras do poder, mas, ao contrário, de promoção de uma fala obsessiva que, em sua prolixidade, quer apaziguar, normalizar, evitar a singularização que poderia surgir no campo sexual. Filho de longa tradição dos confessionários da Igreja medieval, os personagens libertinos de Sade representariam novo momento de promoção do imperativo do falar sobre sexo, abrindo a possibilidade de captura e organização dos discursos e dos juízos, tornados públicos e extraídos de suas singularidades próprias, para em seguida serem cruzados na teia de saberes médicos, biológicos, fisiológicos, psicológicos, sociológicos etc., de modo a disciplinar e controlar os fluxos de vontades e, assim, erigir uma coletividade que passasse a incorporar e direcionar tal produção incentivada de fluxos, sem precisar reprimi-los (Foucault inicia o livro refutando a hipótese repressiva").

O desfecho de *Ernestine*, conto do volume *Les crimes de l'amour*[9], traz um entrelaçamento de pontos importantes da lógica da *sensi-*

9 No Brasil, a tradução dsse livro de Sade, publicado na França em 1799, chama-se *Novelas trágicas* (São Paulo, Carambaia, com edições em 2017 e 2023). O título original completo é: *Les crimes de l'amour, nouvelles heroïques et tragiques précédées d'une Idée sur les romans* [Os crimes do amor, novelas heroicas e trágicas, precedidas pelas Reflexões sobre os romances], lançado na França, com a assinatura de Sade, em 1799 e contendo onze contos longos (daí a denominação "novelas") e o ensaio *Idée sur les romans* [*Reflexões sobre os romances*]. A edição brasileira inclui esse ensaio e os seguintes cinco contos: *Faxelange, Florville e Courval, Laurence e Antônio, Ernestine* e *Eugénie de Franval.*

bilité, em crise diante da lógica libertina. Ao descobrir a trama de Oxtiern e de Mme. Scholtz para fazer Herman ser condenado à morte, Ernestine cai de joelhos e diz: "Ser supremo! [...] Só tenho o senhor como protetor, não abandone a inocência nas perigosas mãos do crime e da celeratez!" Páginas depois, ao iniciar a narrativa das vilezas da dupla de libertinos a seu pai, o coronel Sanders, ela diz: "Não nascemos para a felicidade, meu pai. Há certos seres que a natureza cria apenas para fazê-los vagar de desgraça em desgraça, durante os poucos instantes em que devem existir sobre a terra".[10] É patente, nos dois casos, a despersonalização dos atos: é como se ao falar das ações concretas dos libertinos contra ela, contra seu amado e contra seu pai, ela acessasse um ponto de indiferença em que a fatalidade fosse responsabilizada pelo que aconteceu – e para protegê-la da suposta fatalidade, somente o hiperabstrato Ser Supremo (nome usado por Robespierre, como destacamos acima) seria invocado. Mas a trama do conto não se estanca nessa espécie de mistificação. Há o plano de vingança, em que ela tenta poupar o pai de um duelo imediato com Oxtiern ao convencer seu primo a enfrentar antes o celerado – apenas se o rapaz falhasse o pai se lançaria na disputa. Inicia-se uma espécie de cálculo das compensações, legais ou não, pelos crimes perpetrados por Oxtiern.

A questão abstrata da fatalidade se agrava em *Florville e Courval*, conto do mesmo volume no qual a protagonista pratica incesto com o irmão, com o filho e com o pai, além de matar a própria mãe – tudo por puro acaso, sem saber serem irmã, filho, pai ou mãe, como Édipo. Leva-se o fatalismo ao paroxismo. Como Ernestine mistificando o acaso ou despersonalizando os atos libertinos, mostra-se como o personagem *sensible* recalca todo um continente do caótico-corporal (o âmbito próprio ao desejo), onde o destino se

10 SADE, 2023, p. 205 e 210.

joga mais como impulso desejoso do que como cálculo ético ou simbiose a dois.

O campo recalcado que, por assim dizer, a cultura ocidental estabelecerá como sua erótica normativa numa modernidade pós-psicanalítica, ainda no século XVIII francês incluía palavras como *mouvements* [movimentos] ou *inconstances* [inconstâncias]. A palavra *émotion* [emoção], ainda inexistente, derivará de *mouvement,* que, à época, partilha o campo semântico com *sentiments* ou *sensibilité*. Como *inconstances*, *mouvement* significa turbilhonamento e transbordamento de algo experimentado individual e intimamente – mudanças caóticas, incontroláveis.[11]

Perceba-se que todo o domínio aberto como figuração da subjetividade pelos romances de *sensibilité* e difundido a partir da repercussão das obras de Rousseau não se confunde com o campo de um neomaterialismo (e também de um neoepicurismo) típico do Século das Luzes e do qual Sade será acusado de ser um propagador dir-se-ia obsessivo – o argumento segundo o qual a antimoral expressa por Dolmancé, o protagonista de *A filosofia na alcova*, baseia-se tão somente num fisiologismo anticatólico. Isso porque não se trata apenas de impulsos corporais (fisiológicos), nem do puro acaso (como Florville parece acreditar), mas dos impulsos corporais transformados em fantasias pela imaginação. O desdobramento dessa transformação determinará o perfil da subjetividade do indivíduo: o *ser sensível* recalcará temerariamente esse domínio em prol de supostos limites coletivistas; o libertino assumirá tais fantasias e passará ao cálculo para burlar os limites do coletivo (do jurídico, do social, do religioso). A diferença é que o primeiro renuncia às fantasias, por medo delas e/ou por excesso de zelo pelas regras coletivas.

---

11 Cf. BARROS, 2006.

O que se chama de "paixões" no romance *Os 120 dias de Sodoma* não seria, na verdade, o que nós modernos chamamos, depois de Freud, de "fantasias"? Ou seja, a projeção imaginativa de uma cena capaz de condensar, da forma pretendida pelos impulsos corporais ancorados numa memória afetiva e (também ela) corporal, o modo de atuação do desejo (gozo) singular do indivíduo? Em suma, o trabalho, descrito por Freud, de compensar a falta de um gozo concretizado pela cena criada como premência da soberania desse gozo, trata-se, portanto, de um sucedâneo autoerótico imaginativo para o gozo, na impossibilidade momentânea de descarga pulsional efetiva.[12] Não deixa de ser, portanto, um grito de soberania do desejo, dado que a imaginação passa a trabalhar pelo objetivo do gozo quando este é impossibilitado no nível material-pragmático. Em todo caso, seja no plano do mal-estar da civilização (Freud), seja no da linguagem (Lacan), se a efetividade tem de chegar necessariamente ao nível secundário (o primário sendo o do inconsciente), o plano da fantasia exerce uma espécie de mediação soberana, dado seu grau de liberdade em projetar em imagens o que o desejo singular (nível primário) dita num espaço social (nível secundário). Ora, essa dinâmica da imaginação e de sua projeção nos proíbe de falar em puro e simples materialismo.

Notemos que tal dinamismo do desejo, uma imposição das inscrições inconscientes do indivíduo (os caminhos por onde suas pulsões se articulam com seus objetos de desejo, estabelecendo vias de gozo singulares em suas constituições articuladas entre prazer

12 Neste estudo, trabalhamos com dois conceitos psicanalíticos de fantasia. Um constituiria imagem (ou narrativa imaginada), momentânea ou recorrente, substitutiva à descarga da pulsão. Pela outra forma de pensar a fantasia, pode-se vê-la como conjunto de formas de viver e de gozar (de interação continuada com o objeto, portanto) cristalizadas ao longo da trajetória singular do indivíduo e, em geral, inconsciente a ele mesmo (potencialmente acessível durante uma análise, por exemplo).

corporal e significado de linguagem e cultura), obriga a que se realize o sentido próprio da palavra trabalho: um trabalho (ou seja, uma atividade buscada como modo de produção e de reconhecimento público de significados singulares ao indivíduo, mas que é também exigido pelos outros) de criação de um anteparo imaginativo (uma cena, uma narrativa) que "faz caminho" para que o desejo do indivíduo imponha-se objetivamente, depois de assenhorear-se subjetivamente. A ideia de fatalismo ganha um novo sentido: o acaso é sobredeterminado pela mecânica inescapável (fatal) do desejo. Assim, *Florville e Courval* pode ser lido como revisão do destino na tradição grega antiga como fatalismo (ou sobredeterminação) do desejo, ao qual o próprio indivíduo não tem acesso, já que se enraíza no inconsciente. Nessa linha reflexiva, não seria a narrativa literária um modo de oferecer uma multiplicidade de cenas de modo a que o leitor encontre (e se perca, no sentido de expor-se a um leque de possibilidades mais amplo do que está acostumado a ter) vias imaginativas de desejo, de relação interpessoal (modos pelos quais outras eróticas se podem dinamizar), com o fito de provocá-lo e confrontá-lo com sua própria dinâmica de fantasia, de desejo?

Não se propõe aqui a justaposição de conceitos psicanalíticos à dinâmica própria do texto literário. O objetivo é notar como uma mutação cultural ampla instaurou na modernidade tardia – digamos, pós-anos 1870-80, século XX adentro – uma nova lógica que parte do desejo singular individual para uma dinâmica interpessoal (a *erótica*) a partir da ideia do inconstante e do substituível. As obras de Sade estariam na ancestralidade e no ponto de virada rumo a essa via de pensamento e ação, que se tornaria dominante no século XX. Se os romances de *sensibilité* criavam a valorização do abismo dos sentimentos, a constituir certa coluna vertebral ética (os sentimentos são sempre vistos como positivos, morais), Sade e outros escritores de libertinagem do século XVIII francês valorizaram uma inconstância impossível de se ancorar num eixo ético: a do desejo soberano. Se a literatura da *sensibilité* descrevia os altos e baixos dos sentimentos como inconstância de estados de humor, supervalorizando a descrição consciente e egoica das daquelas variações, a literatura de Sade buscaria uma lógica subjacente a qualquer ética, na qual o que se jogavam as fantasias geradas para se lidar com objetos da alteridade (e a capacidade de impor ou subjugar o outro a partir de sua própria fantasia – eis o trabalho do libertino). A busca do objeto erótico substituível, no caso, não respondia ao mero mecanismo biológico e fisiológico, mas a uma dinâmica comandada pela fantasia singular, que antecipa e/ou expande imaginativamente as possibilidades de descarga efetiva da pulsão, num adiamento de futuro imaginado. Se as instituições pós-iluministas projetarão um apaziguamento que vai bem com o molde de docilidade subjetivista dos *sensibles*, a tensão indivíduo *versus* instituições estará melhor representada pelos escritos de Sade. A partir dos anos 1870, quando fica cada vez mais claro (pelo menos nos meios informados dos artistas e intelectuais) que as promessas do iluminismo não se concretizariam, a cisão indivíduo X instituição, *à la* Sade, mostrar-se-á mais próxima dos fatos e das trocas interpessoais efetivas no Ocidente.

J.-C. Abramovici ressalta que a questão ambivalente do desejo já é explícita no preâmbulo de *Os 120 dias de Sodoma*. "Irás, previno-lhe, ouvir obscenidades abomináveis, mas teus ouvidos são feitos para elas, teus corações as amam e desejam". Os "seiscentos pratos variados" sobre os quais se lê no mesmo preâmbulo são metáfora clara para o leque de possibilidades do desejo, que todo homem deve aceitar como a diversidade potencialmente infinita dos gozos humanos possíveis, a partir do qual cada um deve poder acessar sua estrutura singular de fantasia, ou seja, sua *erótica*:" cada homem possuiria um 'gosto dominante que lhe cabe descobrir e cultivar".[13]

No conto *Faxelange*, também de *Les crimes de l'amour*[14], a escolha de um libertino criminoso como marido da filha é a obra inconsciente de seus pais, guiados apenas pela intenção tradicional-aristocrática (mas que será incorporada de alguma forma à burguesia com o peso da culpa, dado o novo momento igualitário e autonomista) de bem casá-la. A fatalidade é explicável a partir da ideia de limite (ou aporia) não do sistema da *sensibilité,* mas, no caso, ainda do sistema aristocrático tradicional: o socialmente consagrado (ou seja, o poder dos pais de escolher o esposo da filha segundo seus interesses) torna cego para o que é da ordem do que aqui chamamos de domínio libertino, ou seja, o desejo singular e concreto-corporal que a trilha da fantasia do indivíduo impõe a si próprio[15], independentemente do que é socialmente consagrado. O núcleo da questão que define a vida do personagem criminoso – o mesmo caso do virtuoso Valcour e de outros personagens de Sade – foi uma ação transbordante (um crime) diante do qual o poder da época não soube estabelecer o cálculo justo das compensações. Diz o celerado Franlo:"Um governo justo deveria fazer com que o erro praticado por um jovem, dissipando seus bens tão novo, seja punido com o horrível suplício de vegetar por quarenta ou cinquenta anos de miséria? [...] Produzem-se celerados com tais princípios, veja bem, senhora, sou a prova disso".[16]

---

13 ABRAMOVICI, 2013, p. 79 e 87. Tradução nossa.

14 Ver nota 9, acima.

15 Levando-se em conta que a forma singular do desejo do indivíduo (sua erótica) é imposta pela sua própria história pulsional e pelo que ficou demarcado em seu inconsciente (como prescrição, determinação).

16 SADE, 2023, p. 29.

No conto *Eugénie de Franval*, do mesmo *Les crimes de l'amour*[17], retornam os mesmos temas da fatalidade e do transbordamento dos limites por parte do herói, quando ainda lhe falta consciência dos atos. Sob a liderança rica e o charme de Franval se escondiam "todos os vícios, e infelizmente aqueles cuja adoção e cujo hábito conduzem tão rápido ao crime. Uma desordem de imaginação [...] era o primeiro defeito de Franval".[18] Característica básica do libertino sadiano é ter tal "desordem da imaginação", sua capacidade de (ou seu gosto por) fantasiar (ou seja, como já definimos, projetar imaginativamente seu gozo singular de forma soberana, desprezando um "princípio de realidade" *avant la lettre* para, em seguida, negociar com – ou burlar – as convenções morais consagradas). Como em outros escritos do autor, há uma espécie de condescendência do narrador para com o destino incontornável do personagem: jovem, bonito, rico, amante dos vícios e capaz de pôr em prática suas fantasias transgressoras, Franval é uma espécie de vítima de suas circunstâncias. Pontue-se, rapidamente, que o próprio Sade passou grande parte da vida adulta entre prisões e manicômios por conta de atos perversos – aliás, cometidos desde a juventude, mas que demoraram para ser criminalizados, dado o poder de sua família.

Nesse ponto é importante notar que o fascínio que a figura e os escritos de Sade despertaram sempre se ligaram a uma espécie de laboratório da transgressão que, no âmbito das transformações subjetivas individuais ou mesmo no embate entre indivíduo e regras sociais sempre pareceu, a vários dos pensadores que já citamos (Blanchot, Bataille, Klossowski, Foucault etc.), uma chave de entendimento para o devir singular do sujeito. Na linhagem de Nietzsche e de Freud, é claro que essa visada só demonstra sua eficácia reflexiva

---

17 Ver nota 9, acima.

18 SADE, 2023, p. 226.

ao isolar uma ficção – a do próprio indivíduo. Sabe-se, no entanto, que qualquer transformação ou mutação deste só pode acontecer em sociedade – por isso nosso esforço de remeter tais transformações valorizadas por Sade ao par indivíduo *versus* regras morais (tácitas) ou instituições (explícitas). Bataille e Foucault foram os que mais investiram nessa tentativa de expandir a visada niteszchiana para um olhar político (ou mesmo econômico) que leve em conta a ojeriza do filósofo alemão diante da moral e do gregarismo de onde ela emana.[19]

Não consistiria essa estrutura num esforço moderno de renovação do trágico, entre indivíduo e coletividade? Consideremos o ponto importante. Tanto no ensaio *Reflexões sobre os romances* quanto no

---

19 Obviamente, em plenos anos 2020, os atos de sexualidade transgressora do Marquês – que, é preciso lembrar, incluem estupro... – podem (e devem) ser veementemente condenados com base em séculos de vigência dos Direitos Humanos como ideia gradualmente aplicável aos modos e à consciência da maioria da população mundial, bem como depois de pelo menos 60 anos de luta feminista, em suas várias formas. Isso não apaga, no entanto, a inscrição de tais atos como um laboratório de transgressividade que ganha sua dimensão coletiva mais alargada a partir da obra literária e da notoriedade cultural do autor dessa obra. Ou seja, uma vez tendo existido o "caso Sade", não seria o caso de queimá-lo. *Faut-il brûler Sade?* [É preciso queimar Sade?], perguntava Simone de Beauvoir em 1951, diante da voga sadiana. Em sua análise ela absolve em algum grau o marquês, que teria sido preso entre dois mundos, o da aristocracia arrogante e o da burguesia igualitária. "Ele reivindicou sob a forma a mais extrema o arbitrário de seu bom prazer e tentou fundar ideologicamente essa reivindicação. Fracassou. Nem em sua vida, nem em sua obra ele ultrapassou as contradições do solipsismo. Pelo menos ele teve o mérito de mostrar com brilho que o privilégio só pode ser almejado egoisticamente, que é impossível legitimá-lo aos olhos de todos". BEAUVOIR, 2011, p. 3 (tradução nossa). Note-se que é uma quase absolvição: ao erigir sua obra, o marquês se apresenta como caso (inclusive patológico) para a cultura ocidental refletir sobre o preço da prisão individualista (o solipsismo) que, no entanto, está prestes a dominar o mundo burguês viciado na busca da autonomia mesclada à competição e à atomização dos sujeitos numa economia de mercado.

panfleto *Franceses, mais um esforço se quiserdes ser republicanos*, incrustado no romance *A filosofia na alcova*, nota-se, por parte de Sade, a busca de uma intensidade perdida, uma intensidade ligada tanto à narrativa e ao teatro, quanto à religião greco-romana. Na verdade, no mundo greco-romano, como se sabe, narrativa e religião se mesclavam: "foi nos lugares onde, pela primeira vez, reconheceram-se os Deuses que os romances buscaram sua fonte, ou seja, no Egito, berço certo de todos os cultos", lemos nas *Reflexões sobre os romances*.[20] Nesse ensaio nota-se uma contradição na base do argumento de Sade, já que o elogio do romance como gênero contrasta com a crítica velada ao motivo basal da existência de romances. Sade localiza esse motivo no que chama de "duas fraquezas humanas", o temor aos deuses e o amor. Os únicos poupados da visão desabonadora são os romanos que, "mais dados à crítica, à maledicência, do que ao amor ou às preces, se contentaram com algumas sátiras, como as de Petrônio e de Varrão".[21] Vê-se que a ideia das fraquezas (religião e amor) está ligada à tendência de época (observada, por exemplo, em Huet, autor do *Traité de l'origine des romans* [Tratado da origem dos romances], de 1670, grande fonte de Sade) de desvalorizar a imaginação e defender um protorrealismo surgido nos anos 1720-30, exatamente com os romances *sensibles* ou sentimentais de Marivaux, Prévost e Richardson. Se religião e amor abrem a via para a imaginação desbragada, terrificada e esperançosa, no caso da religião, e delicada, no do amor, esse desbragamento imaginativo terá de ser controlado em época mais recente. Romances sentimentais serão a culminância da argumentação das *Reflexões sobre os romances*. A respeito de Richardson se lê:

20 SADE, 2023, p. 308.

21 *Idem*, p. 311.

> [...] só o estudo profundo do coração do homem, verdadeiro dédalo da natureza, pode inspirar o romancista, cuja obra deve nos fazer ver o homem, não apenas o que ele é, ou o que ele mostra de si – esse é o dever do historiador –, mas tal como devem deixá-lo as modificações do vício, e todas as agitações das paixões.[22]

Para despertar o interesse, defende Sade, a virtude não pode triunfar sempre, pois não haverá surpresa ou inversão. Evocando Diderot, Sade completa:

> [...] se depois das mais duras provações vemos, enfim, a virtude destruída pelo vício, inexoravelmente nossa alma se dilacera e, tendo a obra nos emocionado em excesso, tendo, como dizia Diderot, 'ensanguentado nosso coração pelo avesso' deve indubitavelmente produzir interesse.[23]

"Avesso", aqui, é importante: trata-se do reino das paixões, que está debaixo do manto do visível e, por isso, não é captado pelo historiador. Depois de uma crítica ao gótico inglês, um filho aterrorizante dos romances sentimentais que definha como gênero diante dos "abalos revolucionários de que a Europa se ressente", Sade termina o texto argumentando sobre o porquê de se escreverem romances. Duas pequenas passagens resumem seu ponto. Sobre verossimilhança:

> A natureza, mais bizarra do que os moralistas a retratam, escapa a todo instante dos diques em que a política daqueles gostaria de encerrá-la. Uniforme em seus planos, irregular em seus efeitos, seu seio, sempre agitado, parece o centro de um vulcão

---

22 *Idem*, p. 318.

23 *Idem*, 2023, p. 318.

> [...] Grande quando povoa a terra de Antoninos e Titos. Assustadora quando vomita nela Andrônicos e Neros. Mas sempre sublime. Sempre majestosa, [...] pois seus objetivos nos são desconhecidos, escravos que somos de seus caprichos ou de suas necessidades; nunca é a partir do que eles nos fazem experimentar que devemos regular nossos sentimentos por ela, mas a partir de sua grandeza, de sua energia.[24]

E ainda:

> [...] em nossa atual situação, partamos sempre deste princípio: quando o homem avalia todos os seus freios [...], quando, a exemplo dos Titãs, se atreve a levar até o céu sua ousada mão e, armado com suas paixões, como aqueles estavam com as lavas do Vesúvio, não teme mais declarar guerra àqueles que antes o faziam estremecer, quando seus *desregramentos* mesmos não lhe parecem mais do que *erros* legitimados por seus estudos, não devemos lhe falar com a mesma energia que ele mesmo emprega em sua conduta? O homem do século XVIII, numa palavra, é o mesmo do século XI?[25]

Nota-se uma possibilidade de interseção entre a ideia de modernização das paixões a partir dos romances da *sensibilité*, paixões ligadas agora ao abismo interior dos homens e ao transbordamento próprio à natureza (ao cosmos), cujo conhecimento liberta o homem da fraqueza do temor a Deus ou aos deuses, o que, para Sade, é uma representação ritual e dogmática do terror diante da grandiosidade da natureza (de sua sublimidade, como ele escreve, em sintonia com Kant).

Nesse sentido o tom compungido dos personagens (ou do narrador), em contos como *Eugénie de Franval*, *Ernestine* ou *Florville e*

24 *Idem*, p. 326.

25 *Idem*, p. 326-327.

Courval, bem como no romance *Aline e Valcour*, ao creditar o desregramento do libertino à fatalidade de um ato transgressivo em idade tenra pode ser lido também pelo avesso. Isso porque aquele ato inconsciente das consequências, se, por um lado, coloca o libertino nas mãos de instituições opressivas (do Antigo Regime ou do novo governo revolucionário), por outro permitem a ele viver a intensidade dilacerante de sua época conturbada, na qual os *erros* de seus *desregramentos*, ou seja, as ações criminosas advindas de sua paixões transbordantes, começam a ser até mesmo legitimadas por seus "estudos", ou seja, pelos saberes e pela filosofia da época. Em *Franceses, mais um esforço se quiserdes ser republicanos*, Sade aconselha que se adote uma religião inventada de afogadilho, para impedir o retorno da influência cristã:

> Já que acreditamos que um culto é necessário, imitemos o dos romanos: as ações, as paixões, os heróis, eis quais eram seus respeitáveis objetos. [...] Nenhum deus desses grandes homens era privado de energia; todos faziam passar o fogo com o qual eram eles mesmos abrasados [...]; e, como tinha-se a esperança de ser adorado um dia, aspirava-se a se tornar pelo menos tão grande quanto aquele que se tomava por modelo.[26]

Vê-se que o culto grego a que alude é o das ações, das paixões e dos heróis, exatamente o representado nas artes. Sade não terá sido um escritor à cata dessa intensidade ou sublimidade perdida, que o aristocrata do Antigo Regime degradara com suas convenções, seu decoro e sua religião cristã e que o burguês ascendente parecia querer domar com a lógica da *sensibilité*, que reduzia toda revolta fantasista e imaginativa ao objetivo da simbiose amorosa?

Os contos de *sensibilité* escritos por Sade nos parecem permitir captar de forma mais completa a extensão do projeto de proposição

---

26 SADE, 1994, p. 141 (trad. nossa).

à modernidade de um trágico renovado. Um neotrágico que permitiria ao artista (e ao homem em geral) se livrar dos jugos da religião e da lógica amorosa que, nem bem nascia em sua forma burguesa, já ameaçava se reinstitucionalizar (e, portanto, se reapaziguar, mascarando as potencialidades do que o homem "poderia ser" pela fantasia, e não apenas do que ele já é). Esses contos são os únicos a permiti-lo, pois eles incluem a contraparte, o avesso, ou seja, eles propõem um choque entre as sistemáticas da *sensibilité* e da libertinagem, com o narrador do lado da *sensibilité*. Se o narrador das obras mais radicais em libertinagem – como *A filosofia na alcova* ou *Os 120 dias de Sodoma* – é moralista, ele o é do lado do libertino: ele abraça a nova (pseudo)dogmática libertina, ou então fica neutro. Como dissemos no início do texto, tanto o narrador moralista dos contos sentimentais quanto o (pseudo)dogmático dos escritos libertinos afastam o leitor moderno, quando este não percebe o nível de jogo, de ambiguidade com que tais narradores e personagens são construídos. Quanto a isso, cabe lembrar a leitura de um especialista em Maquiavel, Claude Lefort, que certa vez, analisando *A filosofia na alcova*, sugeriu, na esteira de Annie Lebrun, que a agilidade com que o texto de Sade muda seus registros, de pseudodogmático a erótico, de *sensible* a libertino, de moralizante a inoralista, teria sido extraída dos artifícios da comédia clássica.[27] Em nossa perspectiva, não se pode tomar os discursos nem de Sade, nem de seus narradores, nem de seus personagens como sistemas filosóficos totalizantes – trata-se de jogo da literatura moderna, pelo qual todos os discursos ditos sérios (inclusive os institucionalizados, como o da filosofia) servem ao jogo da ficção.

A intensidade do trágico renovado proposto por Sade, um trágico também ele pautado pelo destino inexorável, vem de um ato transgressivo praticado no passado, de forma ainda imatura. Como no caso de Madame de Merteuil, nas *Ligações perigosas*, o famo-

27 Cf. LEFORT, 1990.

so romance de libertinagem de Laclos, trata-se de estabelecer uma lógica do coração humano – diríamos nós, hoje, da subjetividade, mesmo a subjetividade aparentemente plana do libertino –, uma lógica na qual o abismo dos sentimentos é ligado ao abismo do passado, ou seja, da formação individual singular desde a infância (no sentido do que, mais tarde, se conformará no gênero ("romance de formação"). Num século que terá as *Confissões* de Rousseau como obra de imensa repercussão, a coletivização (a institucionalização) do entendimento do ato criminoso ou transgressivo passa pela investigação histórica individual: a formação subjetiva do indivíduo e a trilha de sua fantasia desejante em vias de se sedimentar. Só que, se o ato for de fato criminoso, é público – ou seja, cai nas mãos da instituição. E isso sela o destino de um inocente que se torna oficialmente (institucionalmente) culpado – um rapazote aristocrático que não mede o dano de seu ato (supostamente) soberano.

Ao contrário de Madame de Merteuil, cuja revolta é contra os homens em geral, tornando coerente sua libertinagem e, de quebra, o romance inteiro de Laclos, a revolta de Sade é contra a força (desigual, covarde) das instituições, aptas a subjugar a desejada soberania transbordante do homem (se a aristocracia exercia tal soberania a seu modo, subjugando outros estamentos, trata-se de dialogar com a nova soberania "do coração" para extrair uma síntese entre os dois mundos, o antigo e o novo, pós-revolucionário. Porém, fazendo tudo para evitar o novo jugo – daí o ataque a Robespierre em *Franceses, ainda um esforço se quiserdes ser republicanos*. Se nos casos de Dolmancé com a aluna Eugénie, em *A filosofia na alcova*, bem como de Franval com a filha no conto *Eugénie de Franval* vemos uma didática consciente da libertinagem (com todos os argumentos antirreligiosos para tanto), em vários outros contos trata-se de oferecer um pensamento sobre duas fatalidades: a institucional, inimiga do desejo singular, e a do próprio desejo, que trabalha sub-repticiamente, mas sobredetermina atos e consequências com uma lógica (subversiva) própria. Seriam as duas faces do antigo destino grego – uma banal, a outra ainda potencialmente grandiosa, terrível, sublime, comparável a cataclismos naturais. Se o gozo é um cataclismo (às vezes silencioso), só se tem a sensação de algum acesso a ele por meio da projeção da fantasia imaginada. Gozar ejaculando, com a crueldade cometida a um corpo mudo ou com a pura e simples destruição do outro, é concretizar a pulsão – gozar com a cena imaginada é antecipar e figurar (pela imagem, que pode se tornar cultura, arte) a intensidade do gozo, ou seja, uma forma de negociar com as leis coletivas, tácitas ou institucionalizadas (a moral e o jurídico). O escritor é um perverso aceitável, e Sade tematiza a dinâmica da transgressão fantasista e dos limites coletivos em seus escritos (em algum grau) inaceitáveis.

Bibliografia

ABRAMOVICI, J.-C. *Encre de sang. Sade écrivain*. Paris, Classiques Garnier, 2013.

BAKHTIN, M. *Problemas da poética de Dostoiévski*. São Paulo, Forense Universitária, 2008.

BARROS, A. L. A concepção de "movimento" em *Lettres portugaises*. Novo momento da representação da subjetividade ocidental. *Revista ALEA*. Vol. 8, nº 2, Rio de Janeiro, jul/dez 2006.

BEAUVOIR, S. *Faut-il brûler Sade?* Paris, Gallimard, 2011.

CHUNG, H. Lectures de Sade, prisonnier à Vincennes et à la Bastille (1779-1789). In: *Lecture, livres et lecteurs du XVIIIè siècle*. GOULEMOT, J.-M. (org.), UFR de Lettres (Université de Tours), Tours, 2003.

DELON, M. Le tremblement de l'identité. In: *Sade en toutes lettres. Autour d'Aline et Valcour*. DELON, M.; SETH, C. (org.). Paris, Desjonquères, 2004.

LEFORT, C. Sade: o desejo de saber e o desejo de corromper.

In: *O desejo*. NOVAES, A. (org.). São Paulo, Companhia das Letras, 1990.

MARTY, É. *Pourquoi le XXè sièle a-t-il prendre Sade au sérieux?* Paris, Seuil, 2011.

SADE, D. A. F. *La philosophie dans le boudoir*. Paris, Bokking International, 1994.

SADE, D. A. F. *Les crimes de l'amour*. Paris, Gallimard, 1987.

SADE, D. A. F. *Novelas trágicas*. São Paulo, Carambaia, 2023.

Sade, mestre dos excessos e da apatia

Um tema sobressai nos textos que compõem o volume *Novelas trágicas*[1], que Donatien Alphonse François de Sade – ou simplesmente, Marquês de Sade (1740-1814) –, o mais famoso apologista da libertinagem no século XVIII francês, escreveu como contos morais a favor do Bem (a sensibilidade) e contra o Mal (a libertinagem). É o tema da construção, na cultura ocidental, de um "contrato social" subjetivo que dê conta, por um lado, do desejo individual (e do prazer nele envolvido) e, por outro, do sofrimento que esse desejo, colocado em prática, pode causar aos demais. Se a civilização tenta fazer triunfar a ideia de que devemos ter compaixão diante do sofrer alheio, defende também que o desejo deve ser soberano e, diante dele, a compaixão seria apenas uma reação, uma consequência, não o motor inicial. Nossa cultura moderna, com Sade, parece ter optado pela soberania do desejo que, livre e ligado à ambição do agir,

---

1 Como adiantado no texto anterior esse é o título da tradução para o Brasil de *Les crimes de l'amour, nouvelles heroïques et tragiques précédées d'une Idée sur les romans* [Os crimes do amor, novelas heroicas e trágicas, precedidas pelas Reflexões sobre os romances] (1799), com onze contos longos (daí, novelas) e o ensaio *Reflexões sobre os romances*.

demanda a criação de uma capa anticompassiva e de autoabsolvição no tribunal moral, com a qual as ideias e ações contrárias, de perversidade, de crueldade ou mesmo de pura indiferença diante do outro, podem ser exercidas sem culpa. Isso, pelo menos, é o que defende nossa modernidade pragmática. Ou será que tal disputa ética ainda não terminou, desde os tempos do Marquês?

Esse tema do desejo soberano *versus* a compaixão atravessa *Os crimes do amor, novelas heroicas e trágicas* (1799), livro de narrativas curtas com que Sade tentou ser respeitado como autor (além desse, só o romance *Aline e Valcour*, de 1795, foi publicado com sua assinatura), depois de anos sob a suspeita (que se revelou acertada) de que era autor de escritos eróticos e violentos como *Justine* e *Filosofia na alcova*. Se na palavra "compaixão" se escutam ecos religiosos que a modernidade gostaria de apagar, se em obras como a de Jean-Jacques Rousseau – o grande antípoda de Sade quanto a esse tema – tal sentimento, pela via da cidadania democrática recém-descoberta na época de Sade, reaproxima-se da tradição ética cristã, nas novelas aqui apresentadas há o esforço, inédito em Sade, de fazer triunfar o Bem, a "sensibilidade" (seres "sensíveis" eram seres rousseaunianos, no século XVIII: votados aos sentimentos) e a compaixão. Porém, será que tal triunfo não deixa ver o outro lado da moeda de forma clara o bastante para que não se idealize um mundo apenas Bom? Ou melhor, um mundo em que o Bem é obrigado a negociar o tempo todo com o Mal, externa e intimamente, já que essas duas instâncias são inseparáveis? Cremos que sim: Sade representa a indissociabilidade de Bem e Mal. Mas ainda um passo adiante: indica ser possível se alcançar um ponto raríssimo "para além de Bem e Mal", nem que apenas no plano artístico.

Inserido na tradição francesa que impunha à narrativa de ficção (desde o clássico século XVII) a função primordial de exemplaridade moral, Sade estende tal tradição até a nova moralidade dos romances sentimentais ou "sensíveis" (como *A vida de Marianne*, de Marivaux) e dos contos filosóficos como *Cândido*, de Voltaire, com seu debate de ideias e de ética a partir da sátira. Em *Os crimes do amor*, sem cenas de sexo e crueldade, o debate filosófico e ético sério se ancora no par sensibilidade (compaixão)/libertinagem (crueldade) e, portanto, é muito mais sentimental e sensível do que racional, embora o debate de ideias surja a toda hora. É nesse debate que apontamos que, sendo a conclusão sempre a favor do Bem, o Mal é representado com cores tão intensas que o leitor é obrigado a aceitar sua presença e inevitabilidade. Na verdade, a própria definição do Mal como desejo soberano (ou sem remorsos, já que sem compaixão) indica o paradoxo da modernidade: como exercer tal desejo em toda sua extensão e, ao mesmo tempo, "reparar os danos" causados aos que, passivos, sentem a necessidade da proteção da compassividade? Como harmonizar contrato social (Rousseau) e desejo individual soberano (Sade)? Na modernidade, Nietzsche resolveu o problema tentando prescrever a "grande saúde" aos compassivos mas será isso factível fora da filosofia? O chamado "mercado" o faz pela "lei do mais forte". Nesse caso o triunfo, mas também, paradoxalmente, o fracasso são patentes.

Como conhecemos os escritos eroticamente radicais do temível Marquês de Sade, para nós é impossível ler suas narrativas apenas com os olhos de um Rousseau, ou seja, de um burguês com alma sensível: perdemos nossa inocência, pois sabemos que Sade desce ao inferno da crueldade em romances como *Os 120 dias de Sodoma*. Ou seja, não há como recobrar a pureza diante de Sade, e mesmo lendo seus contos com final moralizante e o triunfo do Bem, tendemos a recompor imaginativamente o outro lado, o do partido do libertino, com quem, apesar da censura da civilização a nosso redor, não deixamos de nos identificar em algum grau. A sabedoria intelectual (e acadêmica) de ter acesso à obra completa de um autor para avaliá-lo é útil e, nesse caso, parece fundamental.

E não se trata só das obras radicalmente eróticas, lançadas clandestinamente: quem viu os originais sabe que os próprios textos de *Os crimes do amor* têm primeiras versões com fortes tintas eróticas (*Eugénie de Franval* teve um trecho inteiro suprimido na primeira edição, com o encontro incestuoso entre pai e filha – foi mantido nesta tradução). É prova de que Sade escreveu no fio da navalha moral e, nessas novelas, decidiu pelos finais compassivos, decerto para agradar o novo poder dos revolucionários franceses, pois o mundo da libertinagem triunfante parecia não mais convir à ética coletivista e idealista da geração pós-1789-1793.

Para recalcar a possibilidade de identificação com libertinos de postura aristocrática, já que praticantes de uma moral da soberania do desejo e do poder sobre o corpo do outro, Sade vê a necessidade até de criar álibi, como se lê no texto *Reflexões sobre os romances*, que foi publicado como prefácio da primeira edição de *Os crimes do amor*: "Não tenho [...] o perigoso projeto de fazer as mulheres amarem personagens que as iludem. Quero [...] que elas os detestem. [...] E, para consegui-lo, tornei tão assustadores aqueles entre meus heróis que seguem a carreira do vício que [...] não inspirarão nem piedade, nem amor".

E, no entanto, os próprios libertinos ou outros personagens, em várias novelas do livro, defenderão o ato e a indiferença moral do libertino, vendo sua ação como um simples deslize de juventude que a sociedade pune com vigor desproporcional – numa crítica ao sistema punitivo que, segundo o filósofo francês Michel Foucault escreveu em *Vigiar e punir*, tornava-se calculista e insidioso exatamente naquele momento do Século das Luzes. Os libertinos de *Faxelange* e de *Ernestine* denunciam um sistema jurídico que exagera em leis contra nobres jovens que cometem seus primeiros e ainda inconscientes crimes.

Em suma, em tais novelas a tensão entre compaixão, crueldade e indiferença é inerente e inescapável ao processo de constituição da moral humana. Como se disse, tal tensão é figurada literariamente por Sade em uma mistura da estratégia dos contos filosóficos com o estilo dos romances e contos sentimentais, filosóficos e mesmo góticos, gêneros típicos do século XVIII – momento de proliferação de narrativas surgidas na contramão do prestígio de tragédias e epopeias clássicas chanceladas pela *Poética* de Aristóteles. Tais escritos visavam comover o leitor com sentimentos puros de personagens "sensíveis" votados ao amor, como o Saint-Preux de *A nova Heloísa*, de Rousseau. Trata-se, é claro, do romantismo se anunciando.

É com o pano de fundo desses modelos literários que Sade se esforça para figurar literariamente a constituição, dificílima, do indivíduo que, no novo mundo democratizado (pós-Revolução), quer ter sua subjetividade sensibilizada pela percepção e pelo tratamento ético do sofrimento próprio e alheio, com todos os paradoxos que isso inclui. Ocorre que tal nova constituição, democrática e igualitária, do indivíduo surge nos contos de Sade como sendo inescapavelmente violenta, tensa e contraditória, senão paradoxal para o próprio indivíduo. Paradoxos se sucedem: é possível medir ou valorar o sofrimento próprio ou do outro a partir de um olhar necessariamente parcial e interessado? Como aproximar de si a dor alheia, como introjetá-la para produzir empatia? Como igualar o modo como se reage a tal sofrimento? Como avaliar seu próprio sofrer? Como saber se se trata de "verdade do coração" ou se é puro fingimento, na busca, patológica ou não, de atenção do outro? Trata-se de tentar definir e introjetar em si a "sensibilidade" não religiosa no sujeito de ação que, no mundo pós-Antigo Regime, não esqueçamos, será necessariamente pragmático e interessado/interesseiro. Ou seja, será "sensível" apenas quando isso não atrapalhar a rotina profissional ou os negócios.

As novelas de Sade incluem essas tensões, que circulam pela cultura europeia da época. Mas, ao contrário de certa crítica que tem dificuldades de ler Sade por conta da aversão (até certo grau, compreensível) causada pelas intensas cenas de sexo e crueldade, cremos que seu texto, mesmo nos romances mais radicais, possui complexidade narrativa. Como lembram Delon e Abramovici[2], tal texto alterna a polifonia de personagens, de narradores, de cartas (no epistolar *Aline e Valcour*), de diálogos (em romances dialogados, como *Diálogo entre um padre e um moribundo* e *A filosofia na alcova*) ou mesmo de tons, na sua famosa variação entre narração e argumentos pseudofilosóficos. O "pseudo" aqui é crucial. Sade não pode ser visto como filósofo por uma razão simples, mas que os analistas mais entusiasmados do escritor (os antípodas dos que se negam a lê-lo ou a notar sua complexidade constitutiva) tendem a esquecer: ele nunca sistematizou seu pensamento, sendo autor de romances, contos e peças de teatro (além de cartas, diários e relatórios burocráticos). Não seria, portanto, mais plausível analisar sua obra como literatura, não se exigindo dele uma coerência filosófica que, no século XVIII, era apenas simulada em obras literárias? (*Franceses, mais um esforço se quereis ser republicanos*, seu texto mais próximo a um ensaio filosófico, é na verdade um pseudopanfleto ficcional incrustado no romance *A filosofia na alcova*.)

Se em *Os crimes do amor* situações de alto teor libertino e cruel (um pai que educa a filha para o incesto; uma mulher que casa com o filho sem o saber; pais que lutam para entregar a filha a um bom partido que, na verdade, é um facínora etc.) terminam com a vitória da sensibilidade e da compaixão, que a cultura ocidental tentava erigir como base da dignidade do homem médio, cremos que a leitura

---

2 ABRAMOVICI, Jean-Christophe. *Encre de sang – Sade écrivain*. Paris, Classiques Garnier, 2013; e DELON, Michel. *Sade en toutes lettres – Autour d'Aline et Valcour*. Paris, Éditions Desjonquères, 2004.

a contrapelo é não apenas factível, mas inevitável. Seria um exercício de "leitura pelo avesso", ou seja, uma leitura simuladamente libertina, no sentido de se julgarem os atos e as falas narrados a partir de um olhar não compassivo, não empático. Uma leitura de quem critica os excessos da lógica da sensibilidade compassiva, vestindo-se o leitor, por instantes, com o manto do libertino. Tendo a cultura ocidental feito sua autocrítica da moralização (Nietzsche e Freud), bem como a subsequente liberação dos costumes e da moral como instituição (pós-anos 1960), viabilizou-se uma crítica aguda ao personagem romântico e "sensível" como modelo da sensibilidade individual. E, no entanto, não nos livramos de seus paradoxos.

Hoje um conservadorismo da equalização econômico, social e cultural faz retornar o culto ao "contrato social" subjetivo do romantismo por um motivo simples: ele de fato fora a base das regras éticas e mesmo jurídicas de relação com os outros no Ocidente, desde Rousseau e seu *Contrato social* político É difícil fugir desse destino fincado no passado e, mesmo com a repercussão da obra de Freud, modos de julgamento de ações e valores típicos daquele primeiro momento democrático da modernidade (o de Rousseau) continuam sendo (ou voltam a ser) a base consciente, coletiva e institucional a organizar o convívio social – e é a partir dela que se sondará o mundo das sombras, das aporias e dos recalques no indivíduo. Ou seja, se Freud é um "mergulhador das profundezas", quando se volta à superfície o que ali nunca deixou de existir foi o tipo estabelecido – consciente, jurídica e coletivamente – do homem de classe média ocidental. Com o fracasso em se fundar um "homem novo" (marxismo), somos tendencialmente burgueses. O grande problema – ou paradoxo – é como compor tal ética com as desigualdades e mesmo crueldades de um sistema econômico que incita à luta sem peias e que cria turbulências francamente revolucionárias a toda hora, desestabilizando aquela ética de base com um "vale-tudo" do cálculo e da competição. Sade não foi visionário. Só transpôs para sua obra questões cruciais e paradoxais da modernidade – e o tempo só faz provar o quanto elas são cruciais.

Em suas novelas, há casos flagrantes demais da tensão entre compaixão e crueldade, como a resistência da superética Laurence ao cruel Strozzi, mesmo já presa no calabouço (no conto *Laurence e Antonio*, pautado por uma surpreendente retórica clássica). Mas surgem situações sutis. Em *Faxelange*, uma leitura "sensível" pode ver na traição ao amor de Faxelange pelo primo o motivo (um desvio em relação à sensibilidade) que leva a filha e os pais a caírem em mãos perversas. A leitura contrária ao modelo da "verdade do coração" (Rousseau), no entanto, apontará na pusilanimidade modelar dos pais, de olho num casamento financeiramente vantajoso, a raiz da autoilusão de pessoas que se comprazem em considerar-se "sensíveis" (boas), nunca "libertinas" (más)... Isso porque o fascínio pecuniário é comum a homens de bem e ao libertino ladravaz. A moral "sensível" parece condenada à inconsciência de seu reverso, da sombra que toda moral engendra – sombra na qual prosperarão os demônios do Iluminismo.

Nos contos, as formas de vida variam da total inconsciência sobre esse lado obscuro (o ensombrecimento final trágico em *Florville e Courval*) ao projeto de uma educação libertina intrafamiliar e, portanto, incestuosa (*Eugénie de Franval*), passando pelo choque entre, de um lado, os que estão prontos a se abismar no crime se se contrariam seus planos de poder sobre os corpos que desejam e, de outro, os "normais", que se submetem às leis, ao tacão inexorável dos poderosos que as controlam e que, quando querem, as burlam (*Laurence e Antonio* e *Ernestine*).

A ideia de que tal poder – que estrutura a sociedade dos "homens de bem" – pode ser algo intrinsecamente injusto, numa subversão da nova positividade do contrato democrático moderno, surge cristalina em *Faxelange*, quando se ouve a voz do celerado Franlo: "Um governo justo deveria fazer com que o erro praticado por um jovem, dissipando seus bens tão novo, seja punido com o horrível suplício de vegetar por quarenta ou cinquenta anos na miséria?" A consciência chega à crítica social: "Crê que há grande diferença entre um banqueiro de jogo roubando-a no Palais Royal e o Corta-Montanhas exigindo sua bolsa no Bois de Boulogne? É a mesma coisa, senhora, e a única distância real que se pode estabelecer entre um e outro é que o banqueiro a rouba como covarde e o outro, como homem de coragem". Mais do que materialismo calculista justificando a desinibição pragmática (como critica Adorno, em texto célebre[3]), trata-se de acusar a sociedade inteira de injustiça por um excesso punitivo que deve desviar o olhar de outros excessos inconfessáveis (como querem Blanchot e Bataille[4]). O "caso Sade" atravessará o século com vereditos contrários: seria adesão ao amoralismo materialista e calculista do livre-mercado ou negatividade resistente à civilização e a suas hipócritas leis?[5]

Em comparação com o celerado de *Faxelange*, o odioso Oxtiern, em *Ernestine*, tem rasa consciência da causa social de sua prisão – aliás, como na vida real fora o jovem Sade, de família nobre borgonhesa, encarcerado em 1768, aos 28 anos, por excessos de crueldade sexual. "Riquezas imensas... um bom nome... crédito, eis as sereias que me desencaminharam." Será o sensível coronel Sanders – o qual, apesar

3 "Juliette ou esclarecimento e moral", da *Dialética do esclarecimento*, de T. Adorno e Horkheimer (Rio de Janeiro: Jorge Zahar, 1985 (1944).

4 *Lautréamont e Sade*, de Maurice Blanchot (Paris: Éditions du Minuit, 1949); e *A literatura e o mal*, de Georges Bataille (Porto Alegre: L&PM, 1989 (1957)).

5 Nos anos 1930, Bataille polemizou violentamente com André Breton, o líder dos surrealistas, sobre o valor de negação de Sade na cultura (essas cartas, até então desconhecidas, foram lançadas em *La valeur d'usage de Sade*. Paris: Éditions Lignes, 2015).

dos crimes do outro, quer o fim de sua pena – quem adiantará uma visão contrária à sanha policialesca e punitiva ocidental: "Poderia ficar feliz com suas dores? Sua detenção vale o sangue que suas barbaridades deflagraram? [...] Será que a prisão de um homem livra a sociedade dos males que ele fez a ela?". Tecnicalidades do Direito atual mostram, aí, seu fundo filosófico polêmico.

Sade, o escritor que levou ao paroxismo o gênero literário da libertinagem (tal gênero praticamente desaparece depois de sua obra), radicalizando-o, em alguns romances, com um erotismo cruel (pornografia?), parecia tentar compor a novela perfeita, misturando e levando ao limite libertinos *versus* sensíveis. Assim, na leitura é crucial atentar para o desfecho, a clássica distribuição moral final, entre os honrados e os punidos não pela justiça dos homens, mas dos céus – o classicismo mesclado ao ideal cristão retorna, aí, para dar um norte, mesmo conservador, à ética alicerçada na subjetividade democrática (compassiva). No caso de Sade, no entanto, um talento estrutural e, por assim dizer, lógico-matemático[6] produz enredos em que o choque entre libertinos e sensíveis chega ao paroxismo: ao combate final, que decide sobre o destino mais elevado ("sublime", no sentido clássico) da disputa entre Bem e Mal.

Esse auge e essa sublimidade final nos fazem lembrar a ideia clássica de uma intensificação dos conflitos, de modo a causar certo impacto dir-se-ia emocional no leitor (ou no espectador). O mundo clássico já colocava o enredo (o mito, a fábula), bem como a linguagem, os personagens e suas ações, num patamar inescapavelmente

---

6 O encaixe perfeito da trama, caso de *Florville e Courval*, bem como o cálculo das ações, das possibilidades e das posições de intercurso sexual, como fica claro em romances como *A filosofia na alcova* ou *120 dias de Sodoma*, são exemplos do uso dessa exatidão lógico-matemática de Sade. A mesma que fica clara nas contagens numéricas obsessivas em seus diários (*Journal inédit*. Paris: Gallimard, 1970).

elevado: eram reis ou líderes guerreiros ou deuses praticando façanhas em linguagem cultíssima. Nessa seara da "catarse" aristotélica, no entanto, davam-se ainda os picos da trama, como o reconhecimento ou as peripécias. Aparentemente, só no momento romântico, pós-clássico, é que o sublime será pensado em separado, sem aquele antigo amálgama com os elementos constitutivos. Em Kant ou em Edmund Burke, trata-se de definir um auge impactante do enredo que ultrapasse a própria capacidade de decodificação (pelo entendimento, em Kant) do leitor ou do espectador. Tem-se aí uma primeira tentativa na modernidade de definir a questão da intensidade a atingir o público diante da obra de arte, dessa vez sem o pressuposto da elevação, automática e inquestionável no chamado classicismo.

Ao explicar à senhorita de Faxelange que ela terá de passar aos membros de seu bando as ordens de matar os prisioneiros, e com a tentativa da moça de ser poupada de assistir às mortes, Franlo lembra que as damas romanas adoravam ver os gladiadores tombarem mortos a seus pés. Essa referência ao mundo pré-Idade Média indica a intensidade que, para Sade, a própria arte deveria incorporar a sua representação. Michel Delon lembra que essa referência às mulheres romanas se relaciona às páginas em que o abade Dubos (uma das maiores autoridades a respeito da arte no Antigo Regime francês) analisa o prazer trágico no teatro, citando os tais combates de gladiadores. Tudo era feito para que "o espectador pudesse fruir durante um tempo mais longo dos horrores da agonia deles [gladiadores]", e se os ensinava até mesmo a "expirar graciosamente" (*Reflexões críticas sobre a poesia e sobre a pintura*, de Dubos).

No *Discurso da poesia dramática*, Diderot usa, para a ideia da intensidade de impacto da obra no espectador, a palavra "energia", cuja ligação com o cientificismo moderno é óbvia: "[...] dou mais importância a uma paixão, a um caráter que se desenvolve aos poucos e acaba por se mostrar em toda sua energia, do que a essas combinações de incidentes que formam a trama de uma peça em que os personagens e os espectadores são igualmente lançados de lá para cá". No *Paradoxo sobre o ator*, Diderot diferencia furor e possessão. Segundo ele, autor e atores manejam a mímese perseguindo "fantasmas" a partir do "furor", que nunca deve se confundir com "possessão". Lê-se no ensaio: "Cabe ao sangue-frio temperar o delírio do entusiasmo". Num segundo momento, esse "entusiasmo" ou "jato" deve ser temperado com a tranquilidade e a frieza da inspiração do autor, que lança "traços fortuitos em suas obras, [...] cuja súbita aparição a eles próprios [autores] espanta". É quando o gênio "dirige alternadamente um olhar atento [...] à natureza e [a]o esboço que produz".[7]

No ensaio *Reflexões sobre os romances*, inicialmente publicado como prefácio a *Os crimes do amor*, Sade justifica os excessos figurativos e morais invocando a força própria da natureza, "mais bizarra do que os moralistas a retratam, [e que] escapa a todo instante dos diques em que a política daqueles gostaria de encerrá-la". O seio dela é " sempre agitado, parece o centro de um vulcão, de onde brotam, alternadamente, ou pedras preciosas servindo ao luxo dos homens, ou bolas de fogo que os aniquilam" e, se ela excede expectativas ou moralidades, não deixa de ser "sempre sublime". Aproximando-se desse excesso amoral, a natureza, por meio da ciência e contra as antigas doutrinas metafísicas (a cristã incluída), o homem do século XVIII se pauta pela energia (a força, portanto), que reverte as duas "fraquezas" que o tinham levado a escrever romances, como Sade defende no início do ensaio: "O homem está sujeito a duas fraquezas que concernem a sua existência, que a caracterizam. Por toda parte é preciso *que ele reze*, por toda parte é preciso *que ame*; eis aí a base de todos os romances". No fim do texto, eis a reviravolta ou a revanche poten-

7 DIDEROT, Denis. *Paradoxo sobre o ator.* Citado em: Lacoue-Labarthe, P. *A imitação dos modernos*. Rio de Janeiro: Paz e Terra, 2000, p. 174.

cializadora: "Mas em nossa atual situação [o século XVIII], partamos sempre deste princípio: quando o homem avalia todos os seus freios, quando com olhar audacioso mede suas barreiras, quando, a exemplo dos Titãs, atreve-se a levar até o céu sua ousada mão e [...] não teme mais declarar guerra àqueles que antes o faziam estremecer [...], não devemos lhe falar com a mesma energia que ele mesmo emprega em sua conduta?"[8]

Em *Os crimes do amor*, a questão é a seguinte: se na intriga chegamos até um auge paroxístico da disputa entre Bem e Mal, certamente um auge de intensidade que decidirá sobre o triunfo do Bem (é o que se espera, nessa modernidade sensível e, por assim dizer, antitrágica), surge a ideia de um ponto de indiferença entre Bem e Mal, a ideia do ultrapassamento da dicotomia não pela via da elevação pressuposta (que, no fim das contas, se baseia na elevação social de uma classe, a aristocracia). Esse "além do bem e do mal" nietzschiano *avant la lettre* indica uma crítica aos fundamentos não confessados em que a moral do Ocidente se apoia. Há, então, uma brecha para a leitura supramoral, em que tanto o lado da compaixão quanto o da libertinagem deixam ver seus limites, como duas lógicas possíveis postas em prática pelo humano. Numa linha kantiana, a mera chance de apontar os limites é signo de saúde: na maioridade do homem moderno, toda positividade, mesmo a moral e coletiva, é criticável, o que abre caminho para um conceito moderno tão absurdo e paradoxal quanto crucial – o de liberdade de escolha.

É a própria radicalidade desse pensar democrático e compassivo levado a seu máximo que o revela como absurdo. O paradoxo surge em vários momentos. Ao final de *Ernestine*, o coronel quer um igualitarismo total diante do facínora que o fez cometer filhicídio... Numa cultura em que o amor paternal é tão centralizado, seria factí-

8 SADE, M. de. Novelas trágicas. São Paulo, Ed. Carambaia, 2017, p. 304-305.

vel? Ou, como nos contos filosóficos, os personagens são títeres para provar certas teses? Em *Eugénie de Franval*, é concedida a Franval, o pai incestuoso, a última chance de se arrepender. Obviamente, se o arrependimento é de fato sincero, o ex-libertino só pode incorporar o juízo universal ("dos céus") e se matar: é o ato mais benigno segundo seu novo autojulgamento e, portanto, tem de praticá-lo. O paroxismo se resolve pela verdadeira "equação moral" que provará o triunfo da sensibilidade compassiva. Assim, em *Florville e Courval*, a sensível Florville chega a seu limite quando descobre que nem pensar e agir pela lógica "sensível" a livrara de repetir atos hediondos em sequência diabólica. É a ideia, de Freud, mas, mais fundo ainda na tradição, do *Édipo* de Sófocles, de que o homem é um joguete do próprio passado (ou do destino, na versão clássica), e nunca chega a controlar certas dimensões deste, que determinam seus atos presentes. O veredito final sobre si mesma é tão abjeto para a lógica sensível que nem consegue entrar em seu horizonte mental – como Édipo, é uma personagem fadada ao colapso.

Esse ponto de indiferença entre compaixão e crueldade faz lembrar uma ideia que surge no romance *A filosofia na alcova*, lançado anonimamente em 1795, cinco anos antes de *Os crimes do amor*. Depois de ouvir, na voz do cavaleiro de Mirvel, as palavras escritas no (fictício) panfleto político *Franceses, mais um esforço se quereis ser republicanos*, Dolmancé, o líder dos libertinos, faz surpreendentemente uma defesa da *apatia* como auge da conduta libertina no mundo. O eco do estoicismo (escola que defendia a *apatheia* como insensibilidade a ser alcançada com a ampliação da filosófica) surge depois de várias páginas do romance, formado quase exclusivamente por diálogos, e logo depois do pseudopanfleto pró-Revolução, cujo tom é dogmático. Até ali, o libertino defendera a amoralidade e a falta de remorsos a ela ligada como um inexorável ímpeto humano replicado da Natureza, que ultrapassa o Deus cristão (abstrato) e, diferentemente deste, inclui destruição, crueldade e mal. Haveria também a hipersensibilidade de homens e, em especial, de mulheres a explicar a queda na libertinagem. A defesa da apatia surge como resposta a Mirvel, que ousa defender a "verdade do coração", a inovação democratizante de Rousseau: "Não escute jamais seu coração, minha criança; é o guia mais falso que recebemos da natureza; feche-o com grande cuidado aos acentos falaciosos do infortúnio", diz Dolmancé a Eugénie, a moça cuja educação sexual amoral acontece ao longo do romance.

No caso de *Os crimes do amor*, a chave de leitura indiferente é dada ao leitor perspicaz (e certamente o do século XXI o é, dadas as transformações culturais de que é fruto): mesmo com um narrador que o induz à sensibilidade, com a modernidade se pode pensar num ponto (fora do texto, mais propriamente, no *locus* do leitor) em que a plurivocidade e a "plurivocalidade" da prosa de ficção fazem com que o julgamento moral seja apenas um dos elementos em jogo na dinâmica artística e literária. E, se está "em jogo", não está mais no campo das pressões da moral estritamente vivida: esse é um dos aspectos do que quer apontar Hans G. Gadamer quando aproxima a *arte* do *jogo* – a arte *joga* até mesmo com a moralidade, que vige fora dela.

★

Os crimes do amor, novelas heroicas e trágicas, a obra original, incluía um total de onze novelas. Em nossa seleção, pinçamos aquelas que o próprio Sade considerava suas melhores: *Florville e Courval*, *Ernestine* e *Eugénie de Franval*, essa escolhida por ele para fechar a primeira edição, de 1799. Completam o volume *Faxelange* e *Laurence e Antonio* (todas inéditas no Brasil), mantendo coerentemente a temática de choque entre as lógicas sensível e libertina – e revelando seus paradoxos inexoráveis. O ensaio *Reflexões sobre os romances* é bom exemplo de como prefácios e demais textos que circundavam a narrativa principal serviam, nos séculos XVII e XVIII franceses, como local de legitimação e de reflexão do gênero "romance", "conto" ou "novela", novidades, à época. Se eles, como gêneros não clássicos (vistos como degradações das antigas epopeias, essas, sim, listadas por Aristóteles como respeitáveis), tinham uma história para apresentar desde a Antiguidade, precisavam ser aceitos como gêneros no presente. A obra de Sade, mais complexa e com mais vozes narrativas do que se costuma aceitar, surge na passagem do prestígio de epopeia e tragédia para o da prosa ficcional moderna (romance, conto ou novela), em que tal pluralidade de vozes e de pontos de vista narrativos torna capaz de pensar a moral de fora da própria moral – já que, no plano estético, a moral é apenas um dos elementos em jogo.

Rousseau, Sade e Casanova: estratégias de *sensibilité* pura e de libertinagem artificiosa

Pretendemos analisar aspectos das obras de três autores do século XVIII francês, Jean-Jacques Rousseau, Donatien A. F. de Sade e Giacomo Casanova sob o prisma da contraposição entre artifício e pureza, que se desdobra e se reflete na questao erótico-amorosa. Investigaremos a especifidade da estratégia narrativa de cada um dos três quanto à articulação entre uma visão do excesso e do artifício, que, no campo da subjetividade individual, desembocará numa concepção moderna da centralidade do desejo (ligado à fantasia e à sedução), e a noção a ela contraposta da *sensibilité* amorosa, com sua lógica da ascese, da pureza e da verdade intrínsecas e inegociáveis, a qual também foi constitutiva de certa modernidade. A articulação de tais questões seguirá, em particular, a análise de trechos do romance *Julie ou La Nouvelle Heloïse* [*Júlia ou A nova Heloísa*], de Rousseau, do livro de contos *Les crimes de l'amour* (em especial o conto *La double épreuve* [A dupla prova]), de Sade, e a autobiografia *Histoire de ma vie* [História de minha vida], de Casanova, obras centrais no debate sobre as concepções libertina (desejante) e *sensible* (da "verdade do coração") no século XVIII francês. Em jogo está a constituição da subjetividade moderna em meio às tensões que a literatura incorpora e figura.

Rousseau: campo amoroso e cidade artificiosa

No centro da estratégia estética, filosófica e política de Rousseau está a atualização, segundo interesses estratégicos próprios, da dimensão idílica. Principalmente no quinto capítulo de *La nouvelle Heloïse*, trata-se do elogio da propriedade rural autárquica de Clarens, cidadezinha suíça onde nascera o protagonista, Saint-Preux, e onde vivia sua amada, Julie, com o marido mais velho, Wolmar. Ele propõe uma nova forma de lidar com os *topoi* do pastoril e da idade do ouro, da tradição clássica: a partir da contraposição do rural idealizado e do urbano visto como degradado, não se trata de defender um retrocesso, uma volta ao campo, mas de investir idealisticamente o espaço rural como *locus*, no aqui-e-agora, de um olhar oblíquo, ou seja, crítico, crítico para a cidade, supostamente corrompida.

> As pessoas da cidade não sabem amar o campo; eles nem sabem como lá ficar. [...]. O trabalho no campo é agradável de se considerar [...], é a primeira vocação do homem: traz à mente uma ideia agradável e ao coração todos os encantos da época de ouro (ROUSSEAU, 1988, p. 588-589). Tradução nossa.

Como explica Wolmart a um Saint-Preux fascinado, a autarquia econômica da propriedade de Clarens baseia-se numa máxima filosófica idealizante: a "*abondance du seul nécessaire*" [abundância do apenas necessário] (ROUSSEAU, 1988, p. 536). Trata-se do *locus* onde se pode viver a unidade da satisfação com o que se tem, irremediavelmente perdida na cidade.

Destaquemos, quanto a isso, que a hiperidealização pela qual Rousseau ficou famoso deve ser vista com nuances. Na verdade, na quinta parte do romance, Saint-Preux mostra-se fascinado não com a natureza em si, supostamente pura, mas com o esquema econômico do casal Julie e Wolmar em sua fazenda. Trata-se de se espantar com a filosofia da "satisfação apenas com o necessário" no que ela tem de eficaz e de possível implementação prática. A conversa de Saint-Preux com Wolmar parece a de um estudante da corrente fisiocrata de Quesnay, que quer entender o que há por trás do ar de felicidade de patrões e empregados, no campo. Assim, "um pequeno número de pessoas gentis e pacíficas, [...] cada uma encontrando em seu estado tudo o que precisa para ser feliz e não querer sair dele", deve ser explicado concretamente, pelas leis de uma economia invisível ao citadino recém-chegado ao campo. Wolmar empreende a explicação, indicando uma filosofia econômica (com ares protomarxistas) pela qual "se outros cultivassem a nossa terra ficaríamos ociosos" e "que aqui o efeito de cada coisa vem menos dela mesma do que do seu uso e de sua concordância com o resto"[1], em um lugar onde "[...] lá só a elegância comanda, a riqueza nunca se mostra, muito menos a moda" e onde ninguém se deixa levar pela mania de novidade: "Muitas vezes até a novidade é para ela (Júlia), por si só, um motivo de exclusão, quando essa novidade impõe às coisas um preço que elas não têm".[2] (ROUSSEAU, 1988, p. 535).

Em suma, ao contrário de certo estereótipo, para Rousseau o campo não é propriamente a idade do ouro *tout court*, mas um

1 "si d'autres cultivaient nos terres nous serions oisifs" e "qu'ici l'effet de chaque chose vient moins d'elle-même que de son usage et de son accord avec le reste". Trad. nossa.

2 "[...] l'élégance y préside seule, la richesse ne s'y montre jamais, encore moins la mode"; "Souvent même la nouveauté seule est pour elle (Julie) un motif d'exclusion, quand cette nouveauté donne aux choses un prix qu'elles n'ont pas." Trad. nossa.

local onde se pode experimentar, concretamente, um novo modelo econômico prático. Não porque ali estaríamos no "paraíso", mas porque a relação do olhar da elite sobre os atos da elite é suspensa, e se pode separar o joio do trigo, ou seja, de um lado, o desejo, plantado a partir da corrompida aristocracia, e de outro, a necessidade, que, como se vê, para Rousseau, não é propriamente franciscana, mas inclui os prazeres: "Tudo o que falta à nossa mesa para ser suntuosa é ser servida longe daqui"; "[...] esses cuidados que você chama de indesejáveis são ao mesmo tempo nossos deveres e nossos prazeres"[3] (ROUSSEAU, 1988, p. 535).

Como se sabe, a narrativa de *Júlia ou A nova Heloísa* tem como eixo o tema do amor. O natural idílico da propriedade de Clarens é apenas o deslocamento, o recanto, pragmaticamente escolhido e justificado, onde esse amor pode surgir, florescer e (muito importante) manter-se intocado e fiel a si mesmo. Essa constância inquebrantável é o que buscava, filosófica, mas também esteticamente, Rousseau. Daí, a nosso ver, as inacabáveis (e às vezes absurdas) reviravoltas durante as tentativas de manutenção na prática do amor de Júlia e Saint-Preux – a ponto de este aceitar conviver como amigo casto sob o mesmo teto de uma Júlia esposa de Wolmar, além de quase aceitar casar-se com Claire para manter-se fiel a Júlia (!). Está claro que o desafio é como manter no dia-a-dia, ao longo de décadas, essa fidelidade a um sentimento que dá eixo e sentido à "verdadeira vida", em contraste com a "vida mentirosa" da aristocracia. É claro que a idealização é um horizonte constante, já que se trata de apostar no amor contra todas as estruturas sociais aristocráticas; porém, pode-se dar ênfase, como demos, a

3 "[...] Il ne manque à notre table pour être somptueuse que d'être servie loin d'ici..."; "[...] ces soins que vous appelez importuns font à la fois nos devoirs et nos plaisirs." Trad. nossa.

uma estratégia discursiva um tanto pragmática, tanto de afronta à corrupção ambiente, quanto de criar formas de continuidade do amor no real – a obra de filosofia política de Rousseau (o *Contrato social*, por exemplo), a nosso ver, permite tal ênfase.

Sade: excesso do desejo *versus* ascese *sensible*

No livro de contos *Les crimes de l'amour* [Os crimes do amor][4] a questão do amor surge de forma central numa obra que Sade publica sob seu nome ("exotérica"), ao contrário de *A filosofia na alcova*.[5] Trata-se, a nosso ver, de obra em que o marquês digladia sutilmente com a nova cultura da *sensibilité* [sensibilidade], de corte rousseauniano. Tão sutilmente que há dois níveis de leitura possíveis para cada conto: um leitor ingênuo (rousseauniano...) pode tomá-los como defesa da *sensibilité* – que podemos resumir, muito sucintamente, como sendo a articulação de um íntimo subjetivo hipervalorizado (em contraposição ao mundo das convenções), a aliança amorosa (uma subjetividade a dois, ainda verdadeira, contra as "mentiras" do mundo) e a busca da ação virtuosa (verdadeira) não como produto ou construção, mas como princípio e dado imutável. A imutabilidade (que também acomete, por seu lado, os personagens libertinos) supõe um modo *sensible* [sensível] ou *vertueux* [virtuoso], ligado à possibilidade – de matiz religioso – de reconhecimento de culpa com vistas a redenção ou conversão à virtude, tema central em Sade desde seu *Dialogue entre un prêtre et un moribond* [Diálogo entre um padre e um moribundo](1782).

---

4 Ver nota 9, do primeiro capítulo.

5 A bipartição da obra do marquês em textos "esotéricos" – ou seja, publicados anonimamente e, portanto, mais radicais na linguagem e na descrição de cenas, bem como na ação – e os "exotéricos", que Sade publicou sob seu nome, em vida, é do grande estudioso do século XVIII francês, Roland Mortier, e foi retomada por Michel Delon. Confira Sade (1990).

Analisemos apenas um conto, "*La double épreuve*" [A dupla prova], em que essa questão surge em uma narrativa que se pode classificar como "conto filosófico", cujas características centrais são: 1) deslocamento para locais ou tempos distantes do presente; 2) descrições pouco "realistas"; 3) pode-se extrair uma moral (ou máxima) conclusiva, uma "tese". A relação entre essa moral ou máxima e a moralidade de comportamento (do impulso sexual masculino, por exemplo, tão comum em Sade) no conto filosófico se esclarece se lembrarmos um episódio da trajetória de escritor do autor. Trata-se da passagem de "*Les infortunes de la vertu*" [Os infortúnios da virtude] (1787; inédito em vida de Sade) a *Justine* (1791, publicado anonimamente), o primeiro sendo considerado um conto filosófico, dada a inexistência de juízos morais a respeito das desgraças da virtuosa protagonista, bem como dos sucessos de sua irmã libertina (Juliette); o segundo, considerado uma espécie de romance sentimental, dada a existência daqueles juízos. A análise de "A dupla prova" deve mostrar o grau de ironia com que o autor trata do tema.

A primeira prova a que se refere o título é uma festa para cada uma das viúvas que o protagonista, Ceilcour, intenta conquistar, a sensível Dolsé e a cínica condessa de Nelmours. Os faustos de matiz medieval da festa da primeira (incluindo simulação de embate entre pretendentes em torneio diante da dama, Dolsé) culminam com a declaração de amor e o rechaço da dama, que baseia sua honra na demora em ceder. Sabedora da homenagem à rival, a condessa resiste até a aceitar uma festa. Acaba sendo mais suntuosa e fantasista que a primeira, com requintes (incluindo fadas, gênios e cíclopes) que culminam em espetáculos oníricos mirabolantes, como a luta titânica pela condessa entre Orosamis (nome fantasioso de Ceilcour) e Vulcano, deus do fogo. Antes, uma sósia perfeita de Dolsé é substituída ritualmente diante da primeira mulher mais bonita que ela a surgir – a condessa, é claro.

Fascinada pela riqueza, mais do que pelos sentimentos do anfitrião, a condessa vai esperá-lo em casa, pensando que "o pior que pode ocorrer-me é tornar-me sua mulher". Decai aos olhos de Ceilcour, mas mesmo assim ele decide-se pela segunda prova.

Ei-la: ele vende todos os seus bens, simula ter ficado pobre e manda uma carta para cada uma pedindo suas mãos, apesar de tudo. Dolsé, bastante doente por saber da festa para a rival, dá todo seu dinheiro para ajudá-lo, e lhe diz que se case com a outra, alegando-se apaixonada, mas impossibilitada pela doença que se agrava. A condessa ralha por conta de sua imprudência e justifica a negativa por conta de seu horror ao casamento (como Dolsé, algo coerente com sua personalidade); aconselha que viaje para espairecer, já que ela mesma parte para as terras da irmã, na Borgonha. Ele corre então para Dolsé. Esta, agonizante, demonstra todo seu amor e sucumbe dizendo que, depois da infidelidade, a falência simulada como prova lhe é insuportável. Ceilcour entra na crise da *sensibilité*: nega-se a deixar a casa de Dolsé, adoece e quase morre. Por fim, é informado da morte da "idolatrada" e "se converte": passa a fazer só o bem e morre com pouca idade.

A questão do amor verdadeiro é encenada a partir da ideia da possibilidade de o homem julgar a respeito de tal grau de verdade. Como dito no ensaio *Reflexões sobre os romances*, o bem triunfa, mas às custas da ironia em relação à própria ideia de provas e provação. E resta saber o que é triunfar: é deixar o exemplo para os pósteros, ao morrer? (é o que se vê no ancestral *Clarissa*, de Richardson, com a morte da virtuosa protagonista, e o que acontecerá em grande parte da prosa romântica). A dialética entre natureza (pura) e artifício (corrompido) também é central, indicando que o desejo só o é no artifício da fantasia humana, amiga dos excessos.

Mas tudo desemboca numa irônica prova de pobreza, a indicar que o discurso da *sensibilité*, com sua obsessão pela "verdade", obsessão figurada no conto na busca da demonstração do amor por meio de uma prova cabal, embute um engano de base: o que seria "verdade" no reino da fantasia humana? Por outro lado, a verdade dos sentimentos de Dolsé a coloca na passividade e na doença: passa a imolar-se no altar de sua sensibilidade contrariada. A ironia aqui é bem sutil, ao se levar a posição da "verdade" ao absurdo (mas um absurdo que dialoga com *La princesse de Clèves* [*A princesa de Clèves*] (LAFAYETTE, 1966), cujo final aponta para um inegociável): no limite, Dolsé não admite a dúvida do outro diante de seu amor, como se demandasse adesão imediata, ameaçando com a própria morte. Pela lente da *sensibilité*, trata-se de repetir a protagonista de *A princesa de Clèves* (1678), romance-chave para entender a semântica do amor verdadeiro na França dos séculos XVII e XVIII. Como ela, Dolsé não recua diante de nenhum signo de mundanidade: prefere a morte (no caso de Clèves, o convento) a um pretendente que se "maculara" ao exercer a infidelidade enquanto ela ainda o amava (quando ainda casada com o Monsieur de Clèves).

A leitura dos demais contos do livro indica uma crítica à ideia da paixão imediata e do próprio amor, embora velada, já que, diante de todas as degenerescências amorosas ou dos ataques dos libertinos, o final só pode ser considerado feliz se se constrói uma visão da felicidade como exemplo que independe do prazer corporal e concreto, pois, em geral, tanto os virtuosos quanto os libertinos convertidos morrem cedo (é a mesma estrutura semântica do amor-paixão romântico, embora os motivos sejam outros: em vez de ataque ao amor, trata-se de hipervalorização dele em contraponto a valores argentários ou convencionais). Essa crítica é explicitada desde as *Reflexões sobre os romances*, o ensaio que abre *Os crimes do amor*, em que Sade credita o surgimento do romance a duas fraquezas humanas: o amor e o temor a Deus. Ao longo do livro, é como se as narrativas figurassem a cada vez o nefasto destino do amor radical, que não negocia com o dado externo e que, portanto, é a todo momento ameaçado, às vezes a partir de dentro, pela degeneração intrínseca do amor (*Florville e Courval* e *Eugénie de Franval* têm como eixo o tema do incesto), mas sempre de fora, pelo antiamor, ou seja, pela libertinagem (na verdade, todos os contos do volume, inclusive os dois citados).

Na verdade, o que está em jogo é a articulação sadiana do desejo, da fantasia e da sedução. Sucintamente, digamos que a articulação desses três elementos resulta, na modernidade (e a obra de Freud é um dos reflexos disso), na seguinte semântica: o desejo seria fundamental ao humano, em sua busca de transgredir o existente a partir de uma inconsistência (o sonho desejante, figurado na fantasia). Ou seja: o desejo é a seta inconsistente lançada ao futuro, o presente nada garantindo de sua realização. Para realizá-lo na vida concreta do indivíduo há as representações de imagens ligadas ao prazer máximo (as fantasias) e sua exploração objetiva com vistas à conquista erótico-amorosa (a sedução). Como se sabe, a fantasia de um homem deverá ser expressa de forma a negociar com a fantasia do objeto de interesse (a mulher), que encena algum grau de passividade e que, num determinado momento, adapta sua fantasia à do pretendente. A objetivação da fantasia masculina, em *La double épreuve*, são as festas suntuosíssimas, delirantes, em que o excesso de riqueza e de artifícios ilusionistas envolve as duas viúvas na intensidade do desejo de Ceilcour.[6] Mas festas são, por definição, inconsis-

6 Moraes (2009, p. 279) destaca a questão do excesso como constitutiva da lógica do libertino: "De fato, toda aventura libertina responde a um desejo ilimitado de expansão [...] convictos de que 'um excesso sempre conduz ao outro', os personagens de Sade não concebem nenhum sinal de esgotamento ou saturação em seu horizonte, mas simplesmente a manutenção de sua singular produtividade. Dito de outra forma: nesse caso, o excesso trabalha o tempo todo para a manutenção do excesso."

tentes: o dispêndio, o excesso acaba nele mesmo, finda a celebração.[7] A segunda prova é, portanto, a que se coaduna com a lógica da *sensibilité*: a do contraexcesso, da contenção. Ao fazer o simulado "voto de pobreza", Ceilcour aposta na via de uma verdade na ascese, independente da economia libidinal, diríamos nós, posfreudianos (a mesma da princesa de Clèves). Esse desprezo pelo ilusório, pelo fantástico e pela sedução ("Devo contar com uma mulher que resiste tão bem à armadilha dos sentidos "[8]) é um ataque frontal à lógica do desejo moderno como tal.

Em momento de transição para o moderno, Sade já vê o desejo humano mergulhado no artifício de sua própria fantasia, do ilusionismo de que é capaz para se objetivar. Por seu lado, a *sensibilité* promete o "reino da verdade" e desemboca na impossibilidade de enfrentamento do mundo concreto, bem como na contrição passiva, sacrificadora de si mesmo. Sade parece ter percebido esse como um duelo titânico da modernidade.

Casanova: rumo ao distanciamento

Na obra máxima de Giacomo Casanova, *História de minha vida* (1790-1798), encontra-se uma concepção de amor que também afronta a lógica da *sensibilité*, mas por outro ângulo. Trata-se de entender uma semântica da libertinagem diferente da sadiana,

---

7 Lembremos, nesse ponto, a articulação inusitada de Georges Bataille a respeito, em textos como *La dépense:* trata-se de ver o desejo como ligado ao ato excessivo, em que se sacrifica (inclusive a fortuna do pretendente) de modo a impressionar (ou seja, subjugar) o objeto erótico-amoroso. A suntuosidade das festas de casamento, até hoje, não seriam índice dessa mecânica? O *potlach*, estudado por Bataille nesse âmbito, é o sacrifício público da própria fortuna com vistas a subjugar um rival (BATAILLE, 2011).

8 Ver: Sade (1995, p. 221). "Je dois compter sur une femme qui résiste si bien au piège des sens". Trad. nossa.

tanto a visível nas obras "esotéricas" quanto a das "exotéricas", como *Os crimes do amor*. Em Casanova, a conquista masculina está ligada a um envolvimento sedutor que concentra no instante (no aqui-e-agora) uma atração que é tão fantasista quanto concreta e corporal. Na verdade, ao contrário do jogo cerebral dos libertinos de Sade (em *Ernestine*, *Eugénie de Franval*, *Faxelange* etc., mas também em *A dupla prova* as provas de Ceilcour, são planejadas o bastante para se reconhecer nele um libertino, embora fascinado pela *sensibilité*), em sua autobiografia Casanova se representa como homem que se envolve com o objeto a um só tempo de forma erótica e amorosa. Isso desde seu diferimento em relação à lógica *sensible*, ao se "curar" das constantes e exageradas negativas de Angéla, bem como da anterior doença *sensible* (uma histeria *avant la lettre*, embora Casanova tenha escrito sobre a histeria tal qual os antigos a entendiam, em *Lana caprina*[9]). No capítulo IV do volume 1, encontra Lucie, filha do concierge de Paséan, casa de campo da condessa de Mont-Réal, que o hospeda. A moça, de 14 anos, encanta Casanova pela beleza, é claro, mas sobretudo por seu comportamento ultraliberal, sem consciência do que desperta num homem: não teme sentar-se em sua cama cedo pela manhã, com uma *chemise* (camisa) e um *jupon* (anágua) que deixa metade das pernas de fora. Passa a fazê-lo toda manhã, para desespero de Casanova. É advertido por seus pais – que vê como pessoas de bem – da pouca idade da menina, seu único tesouro, e age com uma contenção que lhe custa suor: "esse anjo me fazia sofrer as penas do inferno"[10] (CASANOVA, 1993, p.73).

9 Confira *Lana caprina* de Casanova (1999). O livro é uma polêmica de Casanova com os anatomistas Zecchini e Azzoguidi sobre se a sensualidade e a infidelidade da mulher está ou não relacionada às agitações uterinas.

10 "[...] cet ange me faisait souffrir les peines de l'enfer". Trad. nossa.

Como em vários outros momentos da obra, uma máxima (no caso, como frequentemente, em itálico) resume uma filosofia que integra ética aceitável e sua nova ética erótico-amorosa:[11] "*São os pequenos desejos que tornam um jovem ousado: os grandes o entorpecem*" (CASANOVA, 1993, p. 73). É o momento em que diz esperar cada manhã para fazer pequenos progressos, anódinos, talvez, aos olhos de libertinos acabados, mas que lhe são saborosíssimos. Isso sem ultrapassar o interdito. Nota-se, aqui, como será durante todo a obra, uma atenção – e uma capacidade de descrição – impressionantes ao instante presente em sua multiplicidade ínfima, ou seja, a suas pequenas possibilidades positivas, incluindo o campo do ilusionismo, da sedução inevitavelmente impregnada de fantasia (a positividade sendo sempre ligada à conquista da mulher). Essa profissão de fé pelo prazer do ínfimo na cena erótico-amorosa faz com que as descrições de encontros, dos mais desajeitados e frustrados aos mais bem sucedidos (como é o caso com a famosa Henriette, seu amor maior), tornem-se cenas a misturar o impulso erótico corporal, a prestidigitação sedutora e uma miríade de comentários de quem está dentro e fora de cena ao mesmo tempo, graças a uma liberdade exercida no momento presente valorizado – mas também no futuro da narração autobiográfica.

Exemplifiquemos esse ponto com o episódio de Mademoiselle Vesian, a indicar uma via de entrada na filosofia erótico-amorosa de Casanova. Este logo vê a compatriota – jovem, pobre, recém-órfã junto com irmão, buscando alguma renda – como alguém sensível e frágil diante do cinismo de Paris. Não tenta nada com ela, pois "ela possuía [...] um não-sei-o-quê que desencorajava o libertino". Lembra-se da "[...] pobre Lucie em Paséan", de quem fora obri-

---

11 "Ce sont les petits désirs qui rendent un jeune homme hardi: les grands l'hébètent". Trad. nossa.

gado a se afastar depois de muito sofrimento e nenhum sexo. Ele se vê, agora, "[...] sentado perto de uma ovelha, que seria presa de algum lobo faminto"[12] (CASANOVA, 1993, p. 611). A metáfora do lobo e da ovelha é sempre libertina. Mas atentemos que Casanova (1993) se nega a ser o lobo, no caso, e vê a cena, lembrando-se de Lucie, como em um afastamento que, obviamente, se desdobra na narrativa, sendo uma autobiografia; ou seja, a visão do narrador mostra-se afastada e filtrada por juízos em relação à ação narrada, e o fato de narrar a partir do futuro soma-se a isso. Sentado perto da moça, falando de sentimentos e "nunca [de] amor", "beijando muitas vezes sua mão, e seu braço, e nunca chegando a uma resolução, nem a um começo que [...] teria me comprometido a guardá-la para mim", Casanova chega à máxima filosófica, dessa vez sem itálico, mas não menos aguda (em relação ao livro inteiro): "Eu amei loucamente as mulheres, mas sempre preferi minha liberdade a elas. Quando me encontrei na iminência de perdê-la, só me salvei por acaso".[13] (CASANOVA, 1993, p. 611).

Como se vê, Casanova parece franquear um caminho que não é nem o do *sensible*, nem o do libertino *tout court*, dado seu distanciamento. Em vez de embate binário (libertino X *sensible*), um outro lugar, em que não se trata de condenar nenhum dos dois lados, mas de criar uma nova filosofia do erotismo amoroso, por assim dizer, em que o impulso sexual masculino está presente

---

12 "elle possédait [...] un je ne sais quoi qui décourageait le libertin"; "assis près d'une brebis, qui allait être la proie de quelque loup affamé". Trad. nossa.

13 "baisant trop souvent sa main, et son bras, et ne venant jamais à une résolution, ni à un commencement qui [...] m'aurait engagé à me la conserver": "J'ai aimé les femmes à la folie, mais je leur ai toujours préféré ma liberté. Lorsque je me suis trouvé dans le danger de la sacrifier, je ne me suis sauvé que pas hasard." Trad. nossa.

(mesmo sobre Mademoiselle Vesian: "[...] seus olhos, sua bela figura, sua brancura, seu frescor, sua camisola, tudo me tentava "[14] (CASANOVA, 1993, p. 609)), em que se usa de todo e qualquer artifício para a sedução, mas que por fim inclui uma reflexão pragmática e ética.[15] Prova disso é que a pobreza e a honestidade dos pais de Lucie e de Mademoiselle Vesian refreiam sua libertinagem. Sobre essa última, escreve:

> Suspirei porque não estava em condições de fazer sua fortuna apropriando-se dela ilegitimamente, nem de ser sua salvaguarda. Eu até vi que me tornando seu produtor [*sic* – o sentido aqui é de "protetor"] eu lhe teria feito mais mal do que bem...[16] (CASANOVA, 1993, p. 609).

Não se quer passar uma imagem de Casanova prudente e responsável como um pai, o que seria descabido. Apenas se supõe que sua "terceira via" indique incorporação tanto da aceitação aberta do desejo moderno como tal (na dimensão masculina, corporal, erótico-"pulsional", mas também na do artifício e do dispêndio exigido pela sedução), quanto da construção de um subjetivismo (marcado pela autorreflexão típica de uma autobiografia, desde as *Confessions* [*Confissões*] de Rousseau) em que tal desejo deve abraçar o civilizatório corrompido (a mundanidade) sem deixar de criticá-la de

---

14 "[...] ses yeux, sa belle taille, sa blancheur, sa fraîcheur, son négligé, tout me tenta [...]". Trad. nossa.

15 "Casanova déclare [...] supérieurs à tous les autres les moments de grâce où les corps se reconnaissent et où des consciences se répondent." Trad. para o português (DELON, 2011, p. 9).

16 "Je soupirais de ce que je n'étais en état ni de faire sa fortune en me l'appropriant illégitimement, ni d'être sa sauvegarde. Je voyais même qu'en devenant son producteur (*sic*) je lui aurais fait plus de mal que de bien...". Trad. nossa.

dentro – como tentamos mostrar que o próprio Rousseau fizera, em alguma medida.

Bibliografia

BATAILLE, G. *La Part maudite*. Précedé de "La notion de dépense". Paris, Éditions de Minuit, 2011.

CASANOVA, G. *Lana caprina*. Paris, Honoré Champion, 1999.

______. *Histoire de ma vie*. Paris, Robert Laffont, 1993.

DELON, M. Avant-propos. *Cahiers de Littérature Française:* Largesse de Casanova. Paris, n.XI, p.7-11, 2011.

LAFAYETTE, M. de. *La princesse de Clèves*. Paris, Garnier-Flammarion, 1966.

MORAES, E. R. Um vasto prazer, quieto e profundo. *Estudos Avançados*. São Paulo, v.23, n.65, p.271-288, 2009.

ROUSSEAU, J. J. *Julie ou La nouvelle Heloïse*. Paris, Bordas, 1988.

SADE, D. A. F. de. *Les crimes de l'amour*. Nouvelles héroïques et tragiques. Paris, Zulma, 1995.

_______.Préface. In: ______. *Œuvres*. Paris, Gallimard, 1990. Tome I. p. ix-lviii.

Como narrar o banal? – *Jacques le fataliste* sem destino e sem juízo final

Sabe-se que, como Denis Diderot (1713-1784), o Marquês de Sade (1740-1814) foi a um só tempo um dos mais importantes escritores (ficcionista) e pensadores do materialismo (de origem epicurista) na França do século XVIII. A nosso ver, uma forma interessante de tentar entender e avaliar a obra de Sade no momento em que surgiu é vê-la como uma radicalização – ao absurdo – daquela visão materialista, a ponto de fazer do erotismo e, no âmbito desse erótico, da crueldade, o fundo escondido das relações humanas – algo que, como sabemos, Freud retomará, a seu modo, cerca de um século depois do surgimento (clandestino e censurado) da obra de Sade. Note-se que esse gesto sadiano ultrapassaria uma mímese supostamente "realista" ou "naturalista" *avant la lettre*: ele não teria sido um autor "protorrealista", mas teria empreendido, sem a leveza cômica do chamado conto filosófico, uma espécie de mímese hiperbólica do erotismo e da crueldade como formadores de um aspecto básico e fundante da existência humana.

Propomos que o mesmo pode ser feito no caso de Diderot – não propriamente com o erotismo, ou com a crueldade dele derivada, apesar do flerte precoce do autor com o romance de libertinagem, em seu *Les bijoux indiscrets*, de 1748. Em Diderot, em especial no romance *Jacques le fataliste et son maître* (a partir de 1778), o tema hiperbolizado seria o próprio impulso mimético, a se desdobrar em narrativa, ou seja, a busca de uma nova mímese, que desembocaria na escolha preferencial, no século XIX, do que se convencionaria chamar de "realismo moderno". Em *Jacques le fataliste* esse "realismo" (mais no sentido de Auerbach do que no da escola literária do século XIX *tout court*) é tematizado, autorrefletido e revirado do avesso, mais do que praticado – essa fora a tarefa do próprio Diderot em *La religieuse* (1760-1780), e sua defesa teórica surgira no *Éloge de Richardson* (1762). No *Jacques*, Diderot leva ao paroxismo as ideias de mímese e de narrativa, paroxismo este analisado por ele próprio em textos teórico-críticos, como o *Paradoxe sur le comédien*, a *Entretien entre d'Alembert et Diderot* ou *Le rêve de d'Alembert*. Qual seria o elo entre esses dois Diderots do romance? É o caso de se investigar.

O rematado exagero cômico do determinismo em *Jacques le fataliste et son maître* – exagero fabulado entre a antiga tradição do *roman burlesque* (filho francês do romance picaresco) e o novo conto filosófico –, que leva Diderot a conceber que mesmo uma faculdade tão abstrata como o julgamento se deixe determinar a partir dos ecos da sensibilidade (sensibilidade até ao nível físico e corporal), acaba desaguando numa liberalização bastante ampla do agir, pois implica em um aumento do risco da coragem no aqui-e-agora, a partir da ideia de que o que quer que aconteça, qualquer que seja a consequência de determinado ato, há que aceitá-la como "déjà écrite là-haut".[1] O

1 Note-se, já de início, como essa postura de positividade total se aproxima do *amor fati* (amor aos fatos) de Nietzsche, o qual, por sua vez, foi reaproximado (a nosso ver de forma exagerada) de uma queda inconsciente em tendência cristã pelo filósofo canadense Charles Taylor (Cf. TAYLOR, 1997). O ciclo parece completo: o fatalismo, termo do debate religioso, via Diderot

intrigante no texto de Diderot parece ser o porquê do esforço de pluralização narrativa, com o nível do narrador intervencionista, em diálogo com um suposto leitor, entremeado pela conversa de Jacques e seu amo, que se plurifica em fala sobre os fatos corriqueiros no aqui-e-agora, que se sucedem em sua banalidade, e as interpretações dedutivas sobre o fatalismo incidindo nesses fatos e sobre as histórias do passado de Jacques, a "história de seus amores", com seu desenlace sempre adiado, sendo narrada fragmentariamente em meio a milhares de interrupções a partir daqueles outros níveis ou daquelas outras vozes.

A complexidade não é pouca, e o esforço literário é ao mesmo tempo leve, posto que satírico e ligado a um vaguear banal dos dois protagonistas, mas também hercúleo, dada a dinâmica vertiginosa entre os diferentes níveis narrativos, tendo como pseudoquestão de fundo a tese abstrata do "rouleau écrit là-haut". Por que esse esforço de pluralização radical dos níveis do narrar? E qual a relação dessa pluralização com o debate posterior, dos românticos, a partir de Friedrich Schlegel, de um supranarrador, ou seja, um eu irônico e transcendental, defendido como novo enunciador privilegiado da "poesia progressiva" romântica, segundo Schlegel, via Fichte? A questão nos parece fundamental na medida em que *Jacques le fataliste*, juntamente com *The Life and Adventures of Tristram Shandy, gentleman*, de Sterne, são modelos da tese de Schlegel sobre o romance como centro da nova "poesia" romântica.

Se certamente o supernarrador, digressivo, autorreflexivo, mestre do *Witz*, axial nos dois romances citados, o de Sterne e o de Diderot, surge como uma espécie de análogo literário da consciência

e, décadas depois, via Nietszche, retoma seu aspecto de interseção entre os discursos religioso e, no caso, antirreligioso, já que filosófico e científico – com o desdobramento imprevisto do nível propriamente estético.

romântica (ambiguamente individual e amplificada) que tudo englobaria e dominaria, ou seja, como o próprio original do pergaminho que está nos céus com os desígnios do que acontece aqui na Terra (ou seja, um análogo de Deus), talvez ele não seja apenas isso, e na verdade aponte para o seu oposto, ou seja, para uma aguda impotência, uma falta de controle, um vazio da narrativa. É o que tentaremos mostrar, indo contra algumas leituras desse supernarrador como síntese da reflexão romântica sobre o indivíduo e a mímese literária (uma imagem do que os românticos – leitores apaixonados de Diderot – chamariam de "gênio", conceito ele também surgido com o filósofo de Langres, entre outros).

Vejamos, primeiramente, aonde leva a cruzada antideterminista do escritor em seu *Jacques le fataliste*. Entendemos que, ao deslocar a questão para o foco nas contradições intrínsecas à ideia de um determinismo que suplantasse, pela via pseudocientificista, a ideia de subjetividade individual hipervalorizada – que Rousseau defendia e, a seu modo, também levava ao paroxismo –, ou seja, ao simplesmente se concentrar, em detalhe, na questão do determinismo biológico-fisiológico até mesmo no nível das ideais, projetos e julgamentos (supostamente) individuais – estratégia clara na *Entretien entre d'Alembert et Diderot*, como veremos mais adiante –, Diderot não combatia apenas o que sentia ser uma nova via de idealização do sujeito. Seguindo um pressuposto geral dos *philosophes* do Século das Luzes, em busca de uma totalização do pensar, ele também tocava na questão da construção da narrativa literária (do diegético). Em momento no qual a questão do destino não conseguia mais balizar o narrativo na cultura ocidental-europeia, uma outra lógica do desdobramento da história narrada parecia estar prestes a ser inventada.

Nesse âmbito, *Jacques le fataliste* surge quando nem o destino positivo, do herói épico, portador do facho da coragem e da glória (a coragem, inédita, de Jacques advindo do fato de ter certeza de que sua história já estava "escrita nos céus"), nem o negativo, do herói trágico, alvo de uma catástrofe inelutável que o engrandece, sendo a comédia o reverso desse engrandecimento e, portanto, o domínio dos fatos corriqueiros, baixo-eróticos, banais – esses mesmos que compõem tanto a história dos atabalhoados encontros erótico-amorosos de Jacques, quanto seu caminhar junto ao amo ao longo de todo o romance.

No limite, o que ocorre com o narrador e sua confessa impotência (*"Et moi, je m'arrête, parce que je vous ai dit de ces personnages tout ce que j'en sais"* ["E eu, eu paro aqui, pois lhe disse tudo o que sei desses personagens][2]), é a explicitação do contrário exato da onipotência: o jogo, aqui, pode ser visto como o do narrador que se mantém no mesmo nível dos personagens (nível diegético), bem como no nível do próprio leitor, enquanto se entrega a seu "fluxo de consciência" narrativa *avant la lettre*. Nesse sentido, a análise de *Jacques le fataliste* deve se inserir no campo de leitura de várias estratégias diderotianas de inclusão do polo do leitor na reflexão sobre a literatura e o teatro. Tanto a célebre forma de inserir um pseudo-si-mesmo em diálogos filosóficos (em vários textos, de *Le neveu de Rameau* a *Le rêve de d'Alembert*), quanto a farta reflexão teórico-crítica sobre um novo tipo de catarse na qual o *pathos* por ele descrito como sendo o do *tableau* e da *condition* incide sobre o leitor/espectador por vias não-aristotélicas demonstram, bem claramente, que Diderot é responsável por incluir na reflexão sobre a arte e, no caso de *Jacques le fataliste*, até mesmo na narrativa propriamente dita, o polo do leitor/espectador, com seu dinamismo sensível (emocional), e não com a suposição do saber poético-retórico (formal) ou mitológico (conteudístico), como era o caso no século XVII francês – época em que, como se sabe, a catarse pressupunha esses dois campos do saber já sabido (o poéti-

---

2 DIDEROT, 1973, p. 325.

co-retórico e o religioso-mitológico). O que Diderot fará em textos como a *Entretien sur le fils naturel* ou o *Discours de la poésie dramatique* é deslocar a velha catarse para um novo campo do pertencer identitário (a *condition*, causa de empatia e deflagradora de emoção), mas com abertura para um não-saber constitutivo, que fica mais claro no *Paradoxe sur le comédien*, no qual a obra e sua trama (os *tableaux*) cedem o centro do palco da reflexão ao não-sujeito por excelência: o ator. O ator é descrito como alguém que persegue um modelo fantasmal que ele dominará com a experiência (e que difere de seu eu ou de sua *condition*, já que ele deve ser neutro ou indiferente nesses campos) e o espectador, como alguém que não tem acesso aos bastidores desse fazer ilusório. Na verdade, os homens de gênio (os artistas, no caso do teatro, o autor e os atores) têm como obrigação, quanto aos espectadores, despertar-lhes o *pathos*, que, desde sua raiz aristotélica, certamente possui o componente da passividade, mas também inclui a postura ativa.

Vejamos esse ponto específico: Diderot diferencia furor e possessão. Segundo ele, autor e atores manejam a mímese perseguindo "fantasmas" (modelos fantasmais) a partir do "furor", que nunca deve se confundir com "possessão". Lê-se no *Paradoxe sur le comédien*: "Cabe ao sangue-frio temperar o delírio do entusiasmo". Em um segundo momento, esse "entusiasmo" ou "jato" deve ser temperado com a tranquilidade e a frieza da inspiração, que lança "traços fortuitos [...] em suas obras, [...] cuja súbita aparição a eles próprios [*autores*] espanta".[3] É quando o gênio "dirige alternadamente um olhar atento [...] à natureza e [a]o esboço (*ou seja, ao modelo*) que produz" (*Id. Ibid.*).

3 *Paradoxe sur le comédien*, *apud* LACOUE-LABARTHE, 2000, p. 174.

O entusiasmo do ator (ou do autor, ou seja, do gênio)[4] talvez possa ser descrito, seguindo a lógica inusitada da *Entretien entre d'Alembert et Diderot*, como um suplemento de energia que se insinuou em algum momento da formação do indivíduo, mas que teve de ser temperado pelo rigor da inspiração posterior (que por sua vez se descreve, a partir do que apontamos no *Paradoxe sur le comédien*, como um princípio organizador e harmonizador geral, totalizante e finalizante).[5] Segundo essa teoria, as cordas da sensibilidade, que devem ser tangidas nos espectadores a partir do entusiasmo harmonizado da obra são, propriamente falando, uma troca ou transmissão de energia. Como nos ensinou, já há alguns anos, o professor Michel Delon, o conceito de "energia" é um conceito-chave do materialismo das Luzes, e a iconoclastia do materialista Diderot estaria em cruzar e entrecruzar domínios filosóficos e estéticos aparentemente afastados, mas que ele faz parecerem insuspeitadamente próximos. No caso, Diderot mostra como o conceito de "energia" pode ser o elo nunca encontrado entre o velho *pathos* de corte clássico (vis-

---

4 Percebamos que o ator como objeto de estudo indica um local intermediário entre o autor e o leitor/espectador: trata-se de um *mezzo*-autor, pois incarna a seu modo e, assim, cria uma expressividade própria a partir do personagem desenhado pelo dramaturgo (vide a análise da atuação de Mademoiselle Clairon no *Paradoxe sur le comédien*), bem como de um *mezzo*-espectador, pois criar "sua leitura" mediada do texto original, deve "incarnar" um texto já pronto.

5 É interessante notar que a descrição de Voltaire, em seu *Dictionnaire philosophique*, é o exato inverso da de Diderot: a razão atua no início do trabalho do artista, não no final: "um poeta desenha primeiramente a disposição de seu quadro; é a razão, nessa altura, que lhe governa o lápis. Mas se quiser animar as suas personagens e dar-lhes o caráter das paixões, então a imaginação escalda, o entusiasmo atua; é como um cavalo de corrida que se lança impetuosamente para a meta; mas a pista foi traçada regularmente". Seria mais uma prova do caráter ainda classicista de Voltaire se comparado a Diderot? (VOLTAIRE, 1988, p. 80).

to como vetor de intensidade ainda na própria Antiguidade romana, numa obra como *Do sublime*, de Longino) e o novo ambiente cultural cientificista-materialista do Século das Luzes. Um autor como Diderot possibilita a transposição de fronteiras, de modo a se refletir sobre possíveis trilhas constitutivas de seu pensamento estético. Na verdade, como veremos adiante, a análise de *Jacques le fataliste* chega a impor tal exercício de ecletismo, dada sua constituição típica de conto filosófico, em que questões de representação estética se imbricam a problemas ontológicos. Na reflexão de Diderot sobre a arte parece surgir, mesmo que subrepticiamente, a questão do modo de atingir e de manter um certo grau de intensidade de representação do *pathos*. Note-se, por exemplo, o seguinte trecho do *Discours de la poésie dramatique*:

> [...] dou mais importância a uma paixão, a um caráter que se desenvolve aos poucos e acaba por se mostrar em toda sua energia, do que a essas combinações de incidentes que formam a trama de uma peça em que os personagens e os espectadores são igualmente lançados de lá para cá. A meu ver, o bom gosto as despreza [...]. Eis, entretanto, aquilo que entendemos por movimento. Os antigos tinham ideias diferentes. Um encadeamento simples, uma ação praticada o mais próxima possível do desenlace [...]; uma catástrofe sempre iminente e sempre adiada [...]; discursos energéticos; fortes paixões; quadros, um ou dois caracteres pintados com vigor: eis aí todo o aparato deles. Sófocles não precisava de mais nada para transtornar os espíritos.[6]

Como se vê, Diderot defende, no teatro, o enredo simples e direto, por meio do qual os espectadores têm acesso claro aos fatos e mesmo aos atos presentes e passados dos personagens. Ataca, por-

---

6 DIDEROT, 1986, p. 47.

tanto, enredos complexos demais e reviravoltas de efeito. A energia será esteticamente mais pertinente quando concentrada – tanto em quadros (*tableaux*), como destacou em várias oportunidades Franklin de Matos[7], quanto em catástrofes pontuais que alongam a intensidade, ou ainda em poucos personagens, porém enérgicos em seus atos, paixões ou discursos. É a resposta de Diderot ao desafio de um teatro moderno, a partir da tradição clássica das unidades de tempo, de lugar e de linguagem. Porém, o que surge aqui ligado à tradição antiquíssima a prescrever a concentração em poucos elementos intensos, muda completamente de figura no caso do romance. Diderot é obrigado a pensar sobre o novo gênero como narrativa intrinsecamente alongada e, portanto, já *per se* desligada da tradição das unidades, posto que o romance, àquele tempo ainda sem o prestígio cultural da tragédia ou da épica, tem tradição própria da longa concatenação linear de histórias – do *Decamerão* a *Dom Quixote*, passando pelos burlescos franceses, como Scarron e Lesage, com que Diderot dialoga diretamente no *Jacques le fataliste*. Ou seja, está ligado à extensão, ao desdobramento narrativo.[8]

Nesse ponto específico é que se compreende o interesse estético de Diderot a relacionar âmbitos díspares, como uma filosofia da ação, o fatalismo, as ciências e a arte do encadeamento narrativo: por trás da ação deve haver um interesse reflexivo a respeito da lógica da

---

7 Cf. FRANKLIN DE MATOS, 2001.

8 Lembremos, nesse ponto, que aproximações entre o romance e a épica são talvez inexistentes nesse momento de legitimação do novo gênero por um motivo que nos parece simples, embora nem sempre lembrado (por nós que, hoje, conhecemos a reflexão de um Lukács sobre a relação entre a épica antiga e o romance moderno): como aproximar romance e épica num momento em que, na ampliada *querelle entre anciens et modernes*, o partido dos antigos se nega a valorizar o novo gênero, e o partido dos modernos tem consciência de que ele instaura um novo tipo de mímese, menos elevada e, portanto, incomparável à da épica grega?

concatenação, a ideia de causa eficiente, de acaso, de unidade do eu diante dos múltiplos fatos corriqueiros (o que Starobinski chama da "certeza da unidade do eu" em *Jacques le fataliste*: a paixão pelo vinho, para Jacques, ou a caixa de rapé, para seu amo, junto com vários outros hábitos banais, dão a certeza da unidade do sujeito ao longo de episódios virtualmente infindáveis).

Portanto, em *Jacques le fataliste* não se trata mais de pensar o foco concentrado (ou deflagrado pontualmente, para criar tensão duradoura), típico do teatro clássico, mas de pensar uma nova lógica da narrativa necessariamente alongada, relacionando-a a modos de pensar as ações humanas, sua concatenação e seus desdobramentos verossímeis (ou seja, uma espécie de ontologia ética projetada no plano estético). Obviamente, a diferença em relação ao otimismo ou positividade de base da épica clássica nos parece clara: não se trata mais de figurar o herói como portador do destino vencedor de um povo, mas de flagrar pseudo ou anti-heróis "baixos", um criado, um *originel* (ou seja, uma figura do povo), interessados em seu caminhar contingente, banal, despegado das altas rodas aristocráticas, como fora o caso nos romances picarescos e na pseudopícara do *Quixote*.

No caso de Jacques, as ideias de causa eficiente ou do "pergaminho escrito desde sempre lá em cima" (*"le rouleau écrit là-haut"*), núcleo do simplório fatalismo que Jacques aprendeu de seu capitão, servem para separar, a seu modo atabalhoado (ou seja, pícaro-burlesco), o discurso hipotético-dedutivo dos fatos corriqueiros e das ações possíveis diante desses fatos. Mas cada fato corriqueiro, banal, ao longo dos vários episódios que se entremeiam à narrativa de seu passado (ela também salpicada de fatos corriqueiros) obriga-o a reunir novamente o nível abstrato da dedução (da teoria fatalista) ao aqui-e--agora concreto e banal – já que sua ação junto com o amo não tem nada de sublime, sendo ela, como no caso de *Dom Quixote* e mesmo dos romances picarescos, uma ação "baixa". Essa reunião é feita à moda de Jacques, pela qual nacos da teoria (do fatalismo) são usados a seu bel prazer (por exemplo, de forma geral o fatalismo permite uma coragem cega, pois se tudo já está escrito de antemão... Essa dedução é, ela mesma, contingente, e não rigorosa ou filosófica). A disjunção entre dedução hipotética e teórica e prática contingente expõe o vão de absurdo entre um nível e outro.

Um modo de começar a compreender a relação entre esse jogo que oscila, às vezes vertiginosamente, entre o leve e banal e o dedutivo-abstrato é referir-se à análise de Jean Starobinski para pequeno trecho da *Entretien entre d'Alembert et Diderot*. É a passagem em que o Diderot do diálogo descreve a formação – biológica e fisiológica – do indivíduo d'Alembert a partir das moléculas de sua mãe, Madame de Tencin, e de seu pai, o militar La Touche. Starobinski lembra que a história surge depois de Diderot descrever o ciclo de transformação do mármore em carne a partir da destruição e pulverização de uma estátua do famoso Falconet, o pó de mármore se misturando à terra, onde verduras no futuro nasceriam para, enfim, alimentar o homem. A ideia do encadeamento dos acontecimentos naturais, ou seja, do próprio fatalismo, no sentido usado por Diderot no romance (um pouco diferente do da polêmica religiosa), já inclui, de saída, o homem, sua carne e sua ação, por mais mecânica ou autômata que seja. Aliás, trata-se da inclusão do debate filosófico das causas eficientes (Leibniz ou Berkeley, mas também Malebranche e Hume) e do panteísmo cientificizado, ou seja, ateu (Espinosa).

Em seu *Dicionário filosófico*, Voltaire dá a senha para entendermos tanto a linhagem de pensamento de onde Diderot deve ter extraído seu interesse, quanto o caminho de união entre filosofia e estética da narrativa. No verbete "Cadeia de acontecimentos", cita o fatalismo logo de primeira e relaciona essa noção extraída do domínio eclesiástico com o velho destino dos épicos e trágicos gregos. "Os acontecimentos estão encadeados uns aos outros por uma fatalidade invencível: é o Destino que, em Homero, está acima do próprio Júpiter".[9]

Para podermos examinar com maior cuidado o porquê dessa aproximação entre fatalismo e estrutura mitopoética clássica, voltemos a Starobinski e vejamos sua análise do discurso do Diderot do diálogo sobre a gênese corporal de d'Alembert. O crítico suíço aponta a estratégia discursiva do autor de partir de um ser (poderia ser um acontecimento) presente, no aqui-e-agora, ou seja, a presença corporal de d'Alembert, para só então refazer discursivamente sua formação.

> A utilização do exemplo atual, a argumentação *ad personam*, a evocação da [...] contingência de d'Alembert, dando à argumentação hipotética todo o seu lastro de *evidência*, conduzem a dedução ao indivíduo presente e no momento presente. O aspecto aventureiro da conjectura molecular é compensado (e mascarado) pela realidade do homem d'Alembert.[10]

Parece haver, aqui, uma intuição aguda. Que se desdobra em observação sobre o próprio *Jacques le fataliste*, na qual Starobinski aponta a impossibilidade lógica de uma narrativa se iniciar tendo como base a ideia de que tudo está escrito de antemão em um pergaminho nos céus.

9 VOLTAIRE, 1988, p. 30.

10 STAROBINSKI, 2012, p. 259. "Le recours à l'exemple actuel, l'argumentation *ad personam*, l'évocation de [...] la contingence de d'Alembert, donnant à l'argumentation hypothétique tout son lest d'*évidence*, font aboutir la déduction à l'individu présent et au moment présent. L'aspect aventureux de la conjecture moléculaire est compensé (et masqué) par la réalité de l'homme d'Alembert". Trad. nossa.

> Assim que postulada a sequência necessária, surge uma questão: por onde começar? A bem da lógica, deveríamos poder remontar ao momento em que tudo foi escrito lá em cima [*là-haut*], teríamos que chegar à causa primeira, ao decreto original da Providência. [...] Sendo-nos vedado este conhecimento, partiremos por onde acharmos conveniente. [...] A primeira página de *Jacques o Fatalista*, oferece-nos, à escolha, toda uma série de começos – uma pluralidade que tem o efeito de nos persuadir de que nenhum destes começos é um *verdadeiro* começo... Só se começa *in media res*.[11]

Já estamos, nesse ponto, no âmbito da imbricação entre uma "teoria (ou filosofia) do acontecer natural e humano" e uma reflexão sobre como narrar esse acontecer. Podemos supor que o século de Diderot, mas também o de Rousseau, como sabemos, foi o momento em que às escatologias pagãs (na arte: a questão do destino) e católicas se tenta substituir a reflexão sobre o começo. "Nada sai do nada", diz d'Alembert no momento imediatamente anterior ao início da narração de Diderot sobre sua origem molecular a partir do encontro de seu pai e de sua mãe. Não nos esqueçamos que o romance *A vida e as aventuras do cavaleiro Tristram Shandy*, modelo do *Jacques le fataliste*, tem como fio condutor dos desvios e desvãos digressivos infindáveis a tentativa de narração do gênese de Tristram. O livro começa com o intercurso entre seus pais para produzir o

11 *Id., ibid.*, p. 306. "Sitôt qu'est postulé l'enchaînement nécessaire, une question se pose: par où commencer? En bonne logique, il faudrait pouvoir remonter au moment où tout s'est écrit là-haut, il faudrait rejoindre la cause première, le décret originel de la Providence. [...] Cette connaissance nous étant interdite, on prendra son point de départ où bon semblera. [...] La première page de *Jacques le fataliste* nous propose, au choix, toute une série de commencements – pluralité qui a pour effet de nous persuader qu'aucun de ces commencements n'est un *vrai* commencement... On ne commence jamais qu'*in media res*". Trad. nossa.

protagonista – é o que Tristram chama de começar "*Ab ovo*". Depois da passagem sobre a gênese de d'Alembert, no mesmo diálogo, surge a reflexão narrada sobre o nascimento de um pinto em um ovo.

> Você só tem uma dessas duas opções; é imaginar na massa inerte do ovo um elemento oculto que aguardava o seu desenvolvimento para manifestar sua presença, ou supor que esse elemento imperceptível se insinuou através da casca num momento específico do desenvolvimento. Mas o que é esse elemento? Ocupava espaço ou não ocupava nenhum? [...] para não admitir uma simples suposição que explique tudo, a sensibilidade, propriedade geral da matéria ou produto da organização, você renuncia ao bom senso, e se precipita num abismo de mistérios, contradições e absurdos.[12]

Como se vê, na *Entretien entre d'Alembert et Diderot* o exercício de compreensão e narração de uma suposta (ou construída) origem deságua na ideia de um ciclo natural infinito de energia, em que sensibilidade engendra sensibilidade, ou seja, sensibilidade estimula (ou entusiasma) sensibilidade, em suma, em que a energia circula, move e dá lugar até mesmo às produções humanas mais elevadas, menos materiais, como as ideias e as artes. Em Rousseau, como se sabe, o mito da Idade do Ouro do homem ainda selvagem é mais

12 DIDEROT, 1965, p. 52-53. "Il ne vous reste qu'un de ces deux partis à prendre; c'est d'imaginer dans la masse inerte de l'œuf un élément caché qui en attendait le développement pour manifester sa présence, ou de supposer que cet élément imperceptible s'y est insinué à travers la coque dans un instant déterminé du développement. Mais qu'est-ce que cet élément ? Occupait-il de l'espace, ou n'en occupait-il point ? [...] pour ne pas admettre une supposition simple qui explique tout, la sensibilité, propriété générale de la matière ou produit de l'organisation, vous renoncez au sens commun, et vous précipitez dans un abîme de mystères, de contradictions et d'absurdités". Trad. nossa.

um "mito da origem" em sua estratégia teórico-reflexiva, política, do aqui-e-agora, do que uma exaltação neocristã (apesar dos aspectos cristãos que sua obra tomará). Para Diderot e para Rousseau cabia o esforço de decidir ou produzir um começo – ou pensar sobre o fato de um começo mítico ser exercício teórico inescapável – para uma modernidade que se instaurava modificando, retroativamente, toda a visão do passado, do presente e do futuro, assim fazendo desaparecer as antigas concatenações que organizavam culturalmente a relação entre o homem ocidental e o tempo (tanto as greco-romanas quanto a cristã). Neles parece já haver a intuição de que na modernidade o que é possível de fazer são apenas recortes teóricos de começos – pensar em uma origem única seria retornar ao mito.

Como se sabe, a questão do começo arbitrário – decidido pelo autor – surge desde a primeira linha de *Jacques le fataliste*. Seguindo a sutil indicação de Jean Starobinski, no primeiro plano da narrativa encontra-se a presença física, contingente, no aqui-e-agora como origem e fim de qualquer discurso, por mais abstrato e hipotético-dedutivo que ele seja. O banal do momento presente sempre intervém, como se nota num primeiro episódio, no início vertiginoso do romance. Flagra-se Jacques e seu amo extraviados porque este último dormiu ouvindo o início da história dos amores do criado; surge, de repente, um cirurgião com uma moça na garupa de seu cavalo; quer demonstrar que Jacques tem razão ao descrever o joelho como uma parte por demais complexa da anatomia. Em vez dessa demonstração médico-fisológica, o "baixo corporal", o erotismo banal surge abruptamente com a queda da mulher, que prende um pé na sela do cavalo e fica pendurada de ponta-cabeça; sua saia e as anáguas caem, deixando à mostra pernas e um pouco mais; o narrador diz não saber se Jacques começara seu exame por abaixar as anáguas ou por livrar o pé preso da mulher; o erotismo da cena culmina com a explicitude da palavra "*cul*" ao fim do discurso de Jacques à moça, explicando-

-lhe que estava escrito nos céus que eles veriam aquela parte específica de seu corpo àquela hora e naquele lugar.[13]

---

13 A questão do banal, do contingente radicalizado (ou seja, daquilo que, não parecendo essencial, no entanto muda o rumo da ação, e pode fazê-lo a qualquer momento – da vida ou da narrativa) nos remete a uma reflexão sobre o Diderot pensador (e praticante) de um protorrealismo ocidental, em textos reflexivos como *Éloge de Richardson* e literários como *La religieuse*. Trata-se de pensar a bifurcação entre o Diderot que, ao elogiar Richardson, elogia todos os detalhes realísticos da narrativa do romance, em especial os banais e periféricos, e o Diderot de *Jacques le fataliste* e do *Paradoxe sur le comédien*, que elogia o contrário, ou seja, o vazio insensível da criação mimética. Penso que um traço une os dois Diderots: ele parece ter empreendido uma revolução estética ao substituir a tripartição elevado/médio/baixo do classicismo, vigente por muitos séculos, pela ideia de centro/periferia. Trata-se de valorizar o periférico como intrinsecamente importante ou fundamental para o central: o romance seria o campo próprio em que os destalhes periféricos seriam, pela primeira vez nas artes, valorizados como elementos a modificar os rumos da ação (ou do indivíduo) que está no centro de atenções. Se seu elogio dos gestos e dos gemidos, no teatro, como nos mostrou o prof. Franklin de Matos, serve para combater ou relativizar a exclusividade da palavra retórica, seu elogio dos detalhes banais, em literatura (em Richardson e em seu romance richardsoniano, *La religieuse*), bem como na pintura, em que o baixo-burguês de Greuze e Chardin é o centro de suas preocupações (contra os pastéis de Watteau ou Fragonard), aponta para a valorização do aparentemente pequeno e banal na transformação do quadro central: as várias páginas de descrição do quarto ou das vestimentas de Clarissa Harlowe por Richardson são tão importantes quanto as descrições de seus humores, atos, ideias ou sentimentos. Se no classicismo havia uma proibição da passagem ou da mistura entre alto e baixo, a modernidade, segundo Auerbach, seria fruto exatamente dessa inédita mistura. Diderot parece indicar que, nessa modernidade, a relação alto/baixo se planifica em relação centro/periferia, divisão pela qual a periferia, na mímese, é tão importante para o desenrolar da narrativa, do enredo, quanto o centro. No "reino das particularidades", o romancista acolhe – às vezes de forma obsessiva e detalhista – singularidades quaisquer, com o fito de compor particularidades mais representativas. A referência à dinâmica singular-particular-universal, que

Há também nesse começo, é claro, como ao longo de todo o romance, as intervenções do narrador, remetendo para a própria questão da lógica do narrar, ou ainda, da necessidade de organização sequencial, de encadeamento. "Vês, leitor [...], que só cabe a mim fazê-lo esperar um ano, dois anos, três anos, o relato dos amores de Jacques".[14] A rematada leviandade do narrador aponta para uma aporia intrínseca da narrativa, num momento em que os modelos greco-latinos humanistas, bem como o próprio arcabouço cultural bíblico e escatológico cristão, desapareciam do horizonte cultural, obrigando a forjar um novo modo concatenado de narrar. Isso porque se trata de um modo de narrar sem destino nem juízo final, sem motivações ligadas à honra e à coragem clássicos (desde Homero), sem a motivação

---

Lukács usa para pensar o papel do romance, nos parece um dos modos de começar a pensar sobre a transformação em curso. Pensemos especificamente na importância das interrupções dos fatos corriqueiros ou banais no *Jacques le fataliste*: eles influem, sem nenhuma hierarquia de importância, tanto nas ideias abstratas de Jacques e de seu amo (sobre fatalismo), quanto no rumo de seus atos concretos no aqui-e-agora, com direito a intervirem no rumo da narrativa do que chamarei, mais adiante, de supernarrador, ou seja, o narrador intervencionista. Entre o texto original ao qual esse narrador tem acesso e sua suposta e propalada onipotência de mudar o rumo dos fatos e das ações da trama surge a reflexão sobre como essa trama (que é do romance e de nossas vidas) se organiza a partir do pequeno, do periférico, do aparentemente desimportante, tanto quanto a partir das grandes ideias e das sempre limitadas vontades. Ou ainda, como o universal, o abstrato, o filosófico é composto (no sentido de constituído e, portanto, impossível de ser pensado separadamente) a partir do singular-banal, do periférico. Nesse início de reflexão que temos desenvolvido, utilizamo-nos de um romance contrário a qualquer protorrealismo literário (*Jacques le fataliste*) para pensar o protorrealismo propriamente dito (patente, por exemplo, em *La religieuse*).

14 DIDEROT, 1973, p. 36. "Vous voyez, lecteur [...], qu'il ne tiendrait qu'à moi de vous faire attendre un an, deux ans, trois ans, le récit des amours de Jacques". Trad. nossa.

da glória no além-túmulo, bem como sem o peso do fantasma da culpa vigiando os atos presentes a partir da futura agonia final – aquele momento em que os libertinos deveriam cristãmente se arrepender e, com isso, mudar o sentido de toda a vida pregressa, rumo a uma imagem sacralizada no futuro –, em suma, um modo de narrar em meio ao mundo no qual a relação do homem com seu tempo, com o passado e com o futuro mudava vertiginosamente. Não admira, portanto, que a narrativa tivesse que ser repensada em suas próprias lógica e necessidades internas. É nesse momento que surge um romance – *Jacques le fataliste* – que simplesmente expõe o vazio da possibilidade de decisões do suposto narrador. Nele, diferentemente do caso dos romances de Sterne ou de Cervantes, os dois grandes modelos do romance de Diderot – e contraditoriamente com o próprio final do romance –, o narrador diz poder mudar a qualquer momento uma narrativa que na verdade estaria sendo copiada de um original ao qual só ele tem acesso.

O final do romance mostra bem a fusão entre a vertente reflexiva científica e o campo propriamente literário: o "rouleau écrit là-haut" é esse original que, na verdade, replica ou desdobra as obras-modelo (além de Sterne e Cervantes, há ainda Rabelais, o abade Dulaurens, autor de *Le compère Mathieu* [Companheiro Mathieu] etc.). A "huitiaine" (semana) durante a qual o narrador vai reler o original para meditar sobre o final a ser contado expõe, pela última vez, e de forma magistral, o vazio da decisão: ele tem que avaliar se um dos parágrafos do fim da história é autêntico ou se é um plágio (a palavra *plagiat* [plágio] é nova[15], num momento em que o próprio Diderot apenas

15 "Plagiat" aparece na quarta edição do *Dictionnaire de l'Académie Française*, de 1762.

inicia uma reflexão moderna sobre o tema da propriedade e os direitos autorais modernos e de corte capitalista[16]).

Como percebemos, portanto, o supernarrador da ironia romântica, no caso de *Jacques le fataliste*, como defendemos, é ambiguamente e a uma só vez supernarrador (pois pode se decidir sobre cada cena) e narrador completamente assujeitado a um manuscrito original – bem como aos modelos que ameaçam ser alvo do plágio desse original. Veja-se que esse Jano de duas faces indica, ao mesmo tempo, a liberdade (certamente excessiva, talvez impossível) de poder decidir as vias da mímese narrativa – a liberdade do autor, do gênio, que no instante do perecimento dos modelos greco-latinos e cristãos, é ao mesmo tempo uma dádiva e uma ameaça de abertura sem limites, de desfazimento – e as balizas estritas, rigorosas que o autor-gênio terá que inventar para si mesmo, a partir de um modelo fantasmal que ele criará mentalmente para refrear e harmonizar seu entusiasmo. Se o ambíguo e mesmo cínico prefácio de *La religieuse* oferece o único momento vazio exposto (vazio da mímese) do romance de representação literária fechada na prisão do detalhismo *à la* Samuel Richardson – e se o prefácio de *A nova Heloísa*, de Rousseau, tem a mesma função (ou seja, se os prefácios são locais extradiegéticos onde a questão do vazio da decisão mimética pode ser exposta) –, em *Jacques le fataliste* esse vazio se expõe a cada momento, a cada passo dos personagens e do narrador, nesse verdadeiro (e burlesco) tratado mimético sobre a mímese.

Bibliografia

DIDEROT, D. *Discurso sobre a poesia dramática*. São Paulo: Brasiliense, 1986.

______. *Entretien entre d'Alembert et Diderot; Le rêve de d'Alembert;*

16 Cf. *Lettre sur le commerce de la librairie*, de Diderot.

Suite de l'entretien. Paris: Garnier-Flammarion, 1965.

______. *Jacques le fataliste et son maître*. Paris: Gallimard, 1973.

FRANKLIN DE MATOS, L. F. *O filósofo e o comediante*. Belo Horizonte: Ed. UFMG, 2001.

LACOUE-LABARTHE, P. *A imitação dos modernos*. São Paulo: Paz e Terra, 2000.

STAROBINSKI, J. "Le philosophe, le géomètre, l'hybride" [1975]. In: *Diderot, un diable de ramage*. Paris: Gallimard, 2012.

TAYLOR, C. *As fontes do Self*. São Paulo: Loyola, 1997.

VOLTAIRE. *Dicionário filosófico*. São Paulo: Nova Cultural, 1988 (Col. "Os Pensadores").

Ecos de Luciano e dos romances antigos em Diderot e Desmarets

Para flagrar uma certa recepção das obras da Antiguidade grega e latina no século das Luzes francês, como elas – e o pensamento a respeito delas – se imiscuem num momento de legitimação do romance como gênero moderno, é preciso antes olhar para o rico século XVII. Destaquemos uma entre várias tensões culturais seiscentistas: de um lado, o classicismo oficial defendido pelas academias e pela corte, de outro, dir-se-ia um (sub)classicismo do picaresco, da sátira, da comédia crítica dos costumes e mesmo do erotismo. No primeiro grupo estavam, em poesia, as elegias heroicas oficiais, com métrica e rima tradicionais; nos palcos, as regras aristotélicas e os alexandrinos e, na prosa, certa galanteria e até troca epistolar em linguagem elevadíssima. No segundo grupo, romances burlescos, descendentes dos picarescos espanhóis, comédias que se diziam devedoras de Plauto e Terêncio (Molière, por exemplo), o gosto pelo tema amoroso e pelos romances aventurescos (pelos quais as *précieuses* foram criticadas) e, mais radicalmente, escritos eróticos clandestinos, como *L'École des filles* [Escola das meninas] (1655).

Assim como na Antiguidade greco-latina uma tradição de mistura de estilos – que podemos chamar, sucintamente, de sofística, milésica ou luciânica – conviveu subrepticiamente com a aristotélica e horaciana "elevada" (no sentido antigo e estilístico da palavra), na

França do século XVII houve interseções entre as duas esferas culturais descritas acima. Pode-se ver nos romances aventurosos e protossentimentais, como os de La Calprenède ou de Madame de Scudéry, e até no novo gênero do romance histórico (Madame de Lafayette), um indício de que os dois mundos se tocavam, e não se estranha que uma polêmica sobre os romances tenha surgido no seio mesmo da famosa querela de maior escopo entre os Antigos e os Modernos.[1] Em uma camada mais prosaica e contingencial, embora sem chegar à radicalidade dos escritos eróticos anônimos, encontravam-se os romances burlescos, que emulavam aspectos da picaresca ou da via singular do Dom Quixote, como os de Scarron e Sorel.

Na verdade, num ambiente cultural devedor do classicismo renascentista, a maioria dos romances gregos já integrava as leituras canônicas na Corte francesa desde o século XVI, a partir das muitas edições em grego e latim ou das traduções de Jacques Amyot (1547 para *As Etiópicas*, de Heliodoro) ou de Belleforest e Della Croce (1575 para *As Efesíacas*, de Aquiles Tácio), para dar apenas dois exemplos. Nos séculos XVII e XVIII, era bastante comum encontrar nas bibliotecas francesas tais textos publicados em grego e latim (*Etiópicas*, 1619; *Efesíacas*, 1640), nem que fossem em edições recentes – por exemplo, 1778 para uma edição de *Longi pastorialium de Daphnide et Chloe*, ou seja *Les amours de Dáphnis et Chloé*, de Longo, traduzido pelo mesmo Amyot no século XVI sem a inclusão da célebre cena de nudez do jovem casal no rio (só será incluída em 1809). Outros romances gregos antigos só são divulgados no próprio século XVIII – é o caso de *Quéreas e Calírroe* que, talvez por conta de sua tardia descoberta, terá mais de uma tradução naquele século:

1 Os ataques diretos ao romance como gênero antecedem em várias décadas, mas acabam se imbricando com a "querela entre os antigos e os modernos". Textos contra os romances existem desde os anos 1620, embora se acentue nos anos 1660, e a querela se inicia em 1687.

em 1763, a de Pierre-Huet Larcher e em 1775, a de Nicolas Fallet, a partir da primeira edição impressa, em latim, de 1750.

Romances franceses pastoris, como o famoso *Astreia*, de Honoré d'Urfé (1607-27), que em algum nível emula *Dáfne e Cloé*, ou os chamados romances heroicos (com enredo lotado de personagens e reviravoltas e tendo o amor como tema importante), como os de Madame de Scudéry, de Gomberville ou de La Calprenède, eram nitidamente influenciados pelos temas, personagens e cenários, bem como pela estruturação dos romances gregos antigos. Um exemplo foi a emulação das *Etiópicas* e outros romances gregos que começam *in media res* e trazem certa simetria na ação, o que os diferencia da tradição das narrativas medievais (retomada no Século de Ouro espanhol), obras muito menos elegantes na estruturação interna: "desde que Amyot fez, com grande sucesso, uma tradução do romance de Heliodoro, *As Etiópicas*, este último se impôs como modelo. Convém, então, que um romance seja feito imitando os romances gregos, por oposição aos velhos romances de cavalaria" (LALLEMAND, 2013, p. 5).

O século XVII francês é marcado pela primeira valorização historiograficamente justificada dos romances gregos, no *Traité de l'origine des romans* [Tratado da origem dos romances], de Pierre-Daniel Huet (1670). De Madame de Laffayette, de cujo romance *Zaíde* o texto de Huet fora o prefácio, ao Marquês de Sade, que, em sua *Reflexão sobre os romances*, de 1799, cita seus argumentos, nota-se a consciência da importância dos temas do amor e da viagem, centrais nos romances antigos, como eixos do gênero que se (re)legitimava, rumo à modernidade.

Ainda no XVII, destaquemos o caso do romance heroico *Rosane* (ou *Roxane*), de 1639, que traz como subtítulo: "história extraída das [*obras*] dos romanos e persas".[2] No prefácio, o autor, Jean Desmarets

2 "histoire tirée de celle des Romains et des Perses" (Trad. nossa).

de Saint-Sorlin, figura de proa dos primórdios da famosa Querela entre os Antigos e os Modernos, depois de apontar a ficção constitutiva dos próprios diálogos de Platão ("o divino Filósofo"), cuida do caso dos historiadores. Como veremos, ao fazê-lo ele se insere num debate que atravessa séculos de forma eclipsada: o do limite entre o estatuto dos discursos de verdade e de ficção, diatribe que ganha luz e complexidade já com a obra de Luciano de Samósata, autor das *Das narrativas verdadeiras*, entre várias outras, ainda no século II. Antes de falarmos em Luciano, destaquemos trecho do prefácio de Desmarets:

> [...] eles frequentemente se servem da Ficção, quando inserem em seus escritos discursos e arengas que eles próprios compuseram, para enriquecer suas narrações; e quando, por seus raciocínios inventados, frequentemente dão àqueles sobre os quais descrevem as ações, considerações [ou comentários, reflexões] que nunca fizeram (DESMARETS DE SAINT-SORLIN, 1649, s/n).[3]

O final da citação é claro quanto à prática comum de incluir invenções sob a máscara de verdade. Pois será este o ponto de Luciano: no campo do discurso não há hierarquia quanto à eficácia de dizer a verdade – o que há, no máximo, são métodos e convenções em balizá-la ou estabelecê-la. Daí que o discurso poético não deixa nada a dever aos outros: tem lugar próprio. Esse é o fio da questão que aqui perseguimos, na passagem do antigo (a segunda sofística) ao moderno (o ambiente cultural francês dos séculos XVII e XVIII).

3 "ils se servent souvent de la Fiction, quand ils inserent dans leurs écrits, des discours & des harangues qu'ils ont eux mêmes composées, pour enrichir leurs narrations; & quand par leurs raisonnements inventez (*sic*), ils donnent souvent à ceux dont ils écrivent les actions, des considerations qu'ils n'eurent jamais". Trad. nossa.

Massimo Fusillo indica como especificidade da escrita de Luciano o foco no problema da ficcionalização a que até mesmo os relatos dos historiadores estão propensos.

> Ao passo que quase toda a cultura clássica segue a regra de que a invenção pertence à poesia e a referência à prosa, a sátira de Luciano [*Das narrativas verdadeiras*] tenta atingir principalmente as mentiras dos historiadores, mais do que nas dos poetas [...] em termos absolutos, não é a literatura de fantasia que serve de alvo da sátira de Luciano, mas seu travestimento sob a aparência de experiência real (FUSILLO, 1999, p. 352-3).[4]

Ou seja, de forma bastante singular (para o mundo grego antigo), Luciano valoriza a "literatura de fantasia", para usarmos a expressão de Fusillo, e a coteja provocativamente com o estatuto dos discursos que os historiadores compõem em suas obras. Num flagrante de contradição ligada a um problema teórico que atravessa vários séculos, e que é intrínseca também à modernidade, os discursos poético e historiográfico são pensados em sua diferença constitutiva, mas também quanto a sua identidade formal no campo da linguagem, o que indica não uma desvalorização do discurso poético enquanto ficcional e, portanto, contrário à concepção filosófica da verdade (a via de Platão e, excetuando-se a *Poética*, também de Aristóteles, que fora vitoriosa em relação à primeira sofística (Cf.: CASSIN, 2005), mas uma percepção também do discurso historiográfico enquanto discurso e, portanto, compartilhando com o discurso poético modulações formais que tangenciam (senão tocam) o domínio da ficção, visto como

4 "Whereas almost all of classical culture follows the rule that invention belongs to poetry and reference to prose, Lucian's satire is mainly targeted at the lies of historians rather than those of poets. [...] in absolute terms, it is not fantasy literature that is the target of Lucian's satire, but its travesty under the appearance of true experience". Trad. nossa.

aquele que admite a inserção tanto de falas e de pensamentos inventados, quanto das inexoráveis figuras de linguagem (ornamentos). A positivação do poético como discurso tem como contrapartida a crítica à tênue e nunca reconhecida passagem do referenciado ("verdadeiro") ao ficcional no próprio seio da escrita dos historiadores. No início de *Das narrativas verdadeiras*, Luciano toca na questão:

> [...] não apenas lhes será atraente o insólito da proposta ou a graça do projeto, nem que declaro mentiras variadas de maneira convincente e verossímil, mas que também cada uma das coisas relatadas alude não sem comicidade aos antigos poetas, historiadores e filósofos que muitas coisas prodigiosas e fabulosas escreveram (LUCIANO, 2008, p. 6).

Está claro que Luciano consegue empreender, com comicidade inaudita (há aqui o recurso não só ao cômico, mas à mistura de estilos formais, do diálogo à pseudo-narrativa histórica), uma viragem no sentido de valorização inédita do *pseûdos*, ou seja, da mentira, no sentido de ficção.[5] Depois de vituperar os vícios inapropriados ao historiador pelo inverso, ou seja, encomiando suas virtudes ("...deve ser o historiador sem medo, insubornável, livre, amigo da franqueza e da verdade, [...] que não admita nem omita nada por ódio ou por amizade; [...] que seja juiz equânime, [...] não se preocupando com o que achará este ou aquele, mas dizendo o que se passou" (*Apud* BRANDÃO, 2001, p. 42), Luciano logra positivar o *pseûdos* ao reconhecer uma reação alegre patente dos humanos diante dele. Aponta três categorias de *pseûdos*, conformes à vantagem ou à necessidade relacionadas a sua recepção. Primeiramente, há a necessidade de enganar o inimigo por interesse próprio – e Luciano dá o exemplo

5 É a linha do que aponta há alguns anos Jacyntho Lins Brandão. Cf.: BRANDÃO, J. L., 2001.

ficcional de Ulisses, que se salvou muitas vezes "com o objetivo de conservar sua vida e garantir o retorno dos companheiros" (*Idem*, p. 45). Homero, o poeta inaugural, surge aí como chancelador de ações específicas ligadas estruturalmente a situações dir-se-ia (em linguagem atual) contingentes: segundo a estratégia necessária de momento, mentira e verdade devem ser compossíveis.

A segunda categoria seria a da própria poesia, que, por ter sido praticada desde sempre por pessoas de valor, sem intuito prejudicial e, na verdade, com alvo de embelezamento, não deve ser desvalorizada como expressão humana possível. Trata-se, como se vê, da poesia em sua existência ancestral e atual. Em terceiro e último lugar, o *pseûdos* se justifica quando se sabe que muitas vezes povos inteiros o praticaram sem se dar conta. "são histórias ridículas [*ou seja, risíveis*], que todavia não devem ser taxativamente condenadas, pois são as almas dos povos" (*Idem*, p. 46). As mitologias grega e latina como um todo seriam, junto com qualquer tradição narrativa de origem oral e coletiva, formas belas.

Barbara Cassin lembra que *pseûdos* é exatamente o xis da questão quando se pensa na vitória do platonismo e do aristotelismo sobre a primeira sofística. "Como se sabe, foi em nome da verdade que ela [*a primeira sofística*] foi de início e sempre condenada: a principal acusação formulada por Platão bem como por Aristóteles pode ser inscrita no tema *pseudos*" (CASSIN, 2005, p. 215). Vê-se que Luciano sabia bem da importância da questão. Na verdade, esse tipo de questão não poderia deixar de ser tratado como questão de gênero poético ou discursivo, no mundo pós-helenístico da época. No desenrolar do tema, logo se nota que a mentira, a ficção (o *pseûdos*) tem a ver com a capacidade de plasmar (de moldar, como quem molda a lama, segundo a etimologia da palavra) e de, portanto, criar a partir de matéria-prima um resultado novo (Cf.: STIERLE, 2006; BRANDÃO, 2005, p. 68-70).

Como também aponta Cassin, por conta dessa possibilidade, Luciano, na obra *Para aquele que diz: "Tu és um Prometeu em teus discursos"* (e lembremos que Prometeu é o titã que forma os homens a partir do barro, e ainda lhes dá o fogo divino para se diferenciarem dos outros animais), credita ao homem a capacidade de moldar os discursos e, assim, criar novos gêneros. Faz sentido que essa crítica da segunda sofística aos estatutos dos discursos (ficcional e histórico sendo dois polos preferenciais) só pudesse ser exercida por meio de uma mistura de estilos, inclusive os menos prestigiados (o satírico e o cômico, por exemplo). Tal visão se sintoniza com o modo como essa sofística – e Luciano como seu pensador – reflete a respeito do discurso humano como central no trato das coisas do mundo (pragmática), em contraste com os procedimentos de verdade com pretensões extradiscursivas (ou seja, abstratas), defendidos pelos filósofos desde Platão (dialética, argumentação aristotélica). Trata-se da relação entre linguagem e mundo, deslocando também as relações, muito tradicionais, entre retórica, linguagem, razão e ação no mundo: "Como o discurso tematizado e praticado pela sofística, trata-se não de um efeito 'retórico' sobre o ouvinte (*behaviorismo* pavloviano dos filósofos sobre os quais as palavras só agem por meio de domesticação e na falta das coisas), mas de efeitomundo", escreve Cassin (2005, p. 56). Adiante mostraremos como a questão da interface linguagem/mundo (retórica/efeito-mundo) retornará na escrita romanesca de Diderot.

★

Antes disso, a ampla e duradoura diatribe em três níveis – quais sejam: da filosofia, da linguagem e do mundo –, embutindo a do par ficção/verdade, atuou sub-repticiamente na cultura ao longo dos séculos em que as poéticas do classicismo greco-latino (e suas contradições) mantiveram sua influência.

A França seiscentista, centralizando-se na Corte da rainha regente, Ana da Áustria, aguardava Luís XIV atingir a idade de assumir o poder, o que só ocorrerá em 1651 – o príncipe só chegando a governar efetivamente, sem a sombra do cardeal Mazarin, dez anos depois. Nesse momento, no já citado prefácio ao romance *Rosane* (1649), Desmarets de Saint-Sorlin advoga que as narrativas ficcionais servem para a formação do príncipe, sendo este sempre filho de um ambiente com amplo leque de prazeres para rapazes do círculo de poder – daí a estratégia de falar sobre moral com eles por meio de narrativas divertidas, que não os aborreçam com uma representação rústica da virtude. Como se nota é o contrário do moralismo burguês como:

> Os Príncipes não devem ser instruídos à maneira das pessoas vulgares: é preciso lhes ensinar as ciências em meio a jogos [também: brincadeiras], e as virtudes em meio a contos [narrativas de ficção]. Nasceram numa fortuna tão elevada, e os prazeres lhes são oferecidos de tantos lados, que eles jamais virariam os olhos na direção de algo que lhes fosse apresentado pelas mãos da Pena. (DESMARETS, 1649, p. s/n).[6]

Se ao tratarmos pela primeira vez de Desmarets, acima, destacamos a sintonia do prefácio de *Rosane* com a diatribe luciânica no que tocava ao par ficcionista/historiador, retomemos agora aquele texto no ponto em que analisa o inevitável uso do *pseûdos* também pelos retores. Mais uma vez, trata-se de defender a ideia de que faz parte do próprio ser da linguagem, bem como da pragmática da persuasão, típica da retórica, o recurso ao domínio do fingido [*feint*]. "...

6 "Les Princes ne doivent pas être instruits à la façon des personnes vulgaires: il faut leur apprendre les sciences parmi les jeux, & les vertus parmi les contes. Ils sont nés dans une si haute fortune, & les plaisirs leur sont offerts de tant de côtes, qu'ils ne tourneroient jamais les yeux vers une chose qui leur seroit presentée par les mains de la Peine" (trad. nossa).

as mais belas figuras da Retórica não são senão ficções; e isso faz ver bastante bem que, para comover [ou emocionar] e para persuadir, a Ficção é necessária; e que o espírito é tocado por ela, ainda mais do que pela própria Verdade". (*Idem*, s/n).[7] É o que argumenta Luciano ao criticar os historiadores por usarem recursos retóricos sem revelar que os usam: "*Das histórias verdadeiras* ecoa um tema desenvolvido de modo mais específico em *Como escrever a História*: a crítica de que a historiografia estava cada vez mais vazia de referências sérias e próxima a obras de poesia, [*já que*] repleta de descrições ornamentais"[8] (FUSILLO, 1999, p. 353).

Desmarets e seus contemporâneos viviam uma complexa transformação cultural que não se decidiria de forma binária. Como mostra M. Fumaroli, na França do século XVII, a recepção do legado greco-romano serve tanto para promover um culto passadista inócuo, embora muito prestigiado, quanto para destacar daquele legado trilhas potencialmente modernas (FUMAROLI, 2013, p. 300-302). Estamos em plena querela dos antigos *versus* modernos, embora, como também destaca Fumaroli, não tenha havido continuidade entre a batalha dos modernos por proeminência cultural e o gosto artístico da época das Luzes, que se segue. Há até uma hegemonia continuada do prestígio greco-romano no século XVIII. Hoje notamos que o que ocorreu (e, na verdade, em geral ocorre na dinâmica cultural) é que certas trilhas da arte antiga vingaram e foram transfor-

---

7 "[...]les plus belles figures de la Rethorique (*sic*) ne sont que fictions; & cela fait bien voir, que pour émouvoir & pour persuader, la Fiction est nécessaire; & que l'esprit est touché par elle, encore plus que par la Verité même" (trad. nossa).

8 "*A True Story* echoes a thematic developed in a more scientific manner in *How to Write History*: the criticism that historiography was increasingly void of serious reference and close to works of poetry, replete with ornamental descriptions" (trad. nossa).

madas ("modernizadas", diria o partido dos modernos...), seja no domínio do *topos* erótico-amoroso (romances como *Memórias do conde de Comminge*, de Madame de Tencin, ou mesmo *A nova Heloísa*, de Rousseau, não teriam herdado o núcleo duro amoroso dos romances gregos? Mais nitidamente até do que os romances epistolares ingleses, que eram mais "realistas"[9]?), seja no próprio campo da sátira (que é diferente nos contos filosóficos de Voltaire e num romance que leva a tradição luciânica a novos caminhos, como *Jacques o fatalista*, de Diderot). Diderot certamente é um caso especial de apropriação dessa liberdade de misturas discursivas antiga (de corte luciânico e, ainda mais afastado no tempo, menipeia)[10] que se integrará, transformada, ao horizonte literário e cultural moderno.

★

A prática de prefácios, advertências, avisos ao leitor, prólogos e demais peritextos incluídos nos romances franceses – desde o século XVII, como vimos – pode ser encarada como característica que compõe a diatribe de longa duração entre o discurso poético (ficcional) e aqueles com pretensão a níveis de verdade, da factual (historiografia) à abstrata (filosofia). Na trilha do que diz Fumaroli, podemos afirmar que toda a voga dos peritextos editoriais que circundam o texto propriamente ficcional – e que muitas vezes são eles mesmos

9 As aspas se justificam diante de um conceito de difícil definição, o de "realismo". Aqui ele é usado apenas como um modo de diferenciar o transbordamento (inclusive retórico) do romance de Rousseau, que inclusive se passa num cenário idílico rural, da representação muito mais bruta, e com linguagem coloquial, dos romances de Richardson, cujo cenário, além disso, em geral é doméstico e urbano.

10 Como se sabe, M. Bakhtin tornou central no estudo dos primórdios da sátira a referência à menipeia. Infelizmente, como ele mesmo admite, não temos acesso aos textos de Menipo, embora saibamos que ele ganhara a fama de iniciador desse gênero na Grécia antiga. Cf. BAKHTIN, 2002, p. 106 e seq.

ficcionais, como no caso dos prefácios em que se simula que o texto a ser lido foi encontrado pelo editor sem que se conheça o autor – faz parte de uma recepção do legado greco-romano e, em particular, de obras luciânicas que integravam certo plurilinguismo reflexivo ao texto ficcional. O próprio Fumaroli pede que não se idealize a erudição dos leitores do novo público parisiense, crucial nos destinos das belas-letras ocidentais daí em diante. Tal público, surgido no século XVII, na verdade tinha acesso a traduções bastante infiéis dos textos de Luciano, dos romances gregos antigos ou mesmo de autores ainda mais prestigiados, como Tácito (FUMAROLI, 2013, p. 301).

Essa postulação surge quando reparamos que o século XVIII francês, na seara de romance, o qual se esforça por se legitimar como gênero capaz de integrar formalmente misturas estilísticas e mesmo discursivas de grande amplitude (o que, no mundo clássico quase que exclusivamente a tradição luciânica valorizou), vai tornar possível um nível dialógico interno, intrínseco, tão agudo que os peritextos ganharão toda sua justificação a partir da própria dinâmica diferencial que estabelecem entre si e para com o texto principal. O dialogismo radical será incorporado à dinâmica do livro que, como objeto de comércio que deve portar em si tanto informações quanto autojustificativas e mesmo despistes a estabelecerem a partilha entre o público leigo e os novos amantes da ficção (HERMAN, KOZUL, KREMER, 2008), também está se instituindo só então, numa incipiente indústria do livro (MARTIN, 2000). Destaque-se que romancistas como o próprio Desmarets, ainda no século XVII, tocaram no tema da junção ou mistura inédita de possibilidades discursivas sob um mesmo gênero. Aquilo que um M. Bakhtin assumirá como o plurilinguismo a caracterizar o mais moderno dos gêneros é flagrado numa espécie de negativo, mais uma vez a partir da comparação com a historiografia.

> Assim, as narrações, as descrições, as interlocuções de pensamento, as de conversação, os discursos de Política ou de Moral, a viva representação das paixões, as cartas, as arengas, todos devem estritamente se suceder uns aos outros; e não há um gênero de escrita que abarque tantas matérias [ou temas] diferentes (DESMARETS, 1649, p. s/n).[11]

Fica claro que a questão da prosa de ficção continua ligada à escrita historiográfica, o que corrobora visão sucintamente expressa por Jacyntho L. Brandão: "Dizer prosador [...] implica dizer, antes de tudo, *historiador* [ao tempo de Luciano]. De fato, a historiografia é o principal, se não o primeiro gênero que, utilizando as mesmas estratégias discursivas que Homero, se constituiu como espécie à parte e em disputa com a tradição poética" (BRANDÃO, 2001, p. 47). No século XVII francês, a diatribe ainda se centra na questão do limite que a historiografia pretende impor, já que Desmarets continua: "A História simples tem seus limites bem mais estreitos; e dizendo as coisas como eles de fato foram, não se aproxima de uma História misturada de ficção, que representa as coisas como elas deveriam ser" (DESMARETS, 1649, p. s/n).[12]

Como se vê, o eco de Luciano se confunde com uma das fontes que deve ter tornado possível a deriva poética da segunda sofística, ou seja, o Aristóteles da *Poética*, quando este definia a diferença entre a verdade, campo do historiador, e o verossímil, campo do poeta. Tal

11 "Ainsi les narrations, les descriptions, les entretiens de pensée, ceux de conversation, les discours de Politique ou de Morale, la vive représentation des passions, les lettres, les harangues, doivent addroitement succeder les unes aux autres; & il n'y a point de genre d'écrire qui embrasse tant de matières differentes" (trad. nossa).

12 "L'Histoire simple a ses bornes bien plus étroites; & en disant les choses comme elles ont été, n'approche pas de la beauté d'une Histoire mêlée de fiction, qui représente les choses comme elles ont deu (*sic*) être" (trad. nossa).

fonte comum aristotélica se manterá referencial no século XVIII, e em sua teoria do teatro (*Conversas sobre o filho natural*, de 1757, e *Discurso sobre a poesia dramática*, de 1758), Diderot se valerá da reflexão sobre o par verossímil (poesia)/verídico (historiografia). Mas tal debate não se limitará a tais ensaios. Em trecho do *Elogio de Richardson* (1762), Diderot defenderá os poderes da narrativa verossímil (o *pseûdos* da prosa) contra a mentira dos historiadores – a de que eles nunca mentem:

> Oh, Richardson! Ousarei dizer que a história mais verdadeira está plena de mentiras, e que teu romance está pleno de verdades. A história retrata alguns indivíduos; tu retratas a espécie humana: a história atribui a alguns indivíduos o que eles não disseram, nem fizeram; tudo o que atribuis ao homem ele disse e fez; a história abarca apenas uma parte do correr do tempo, um ponto da superfície do globo; tu abarcaste todos os lugares e todos os tempos. [...] Se se aplicasse ao melhor historiador uma crítica severa, haveria algum que responderia a ela como tu? Sob esse ponto de vista, ousaria dizer que frequentemente a história é um mau romance; e que o romance, como o realizaste, é uma boa história (DIDEROT, 1980, p. 193).[13]

13 "Ô Richardson! j'oserai dire que l'histoire la plus vraie est pleine de mensonges, et que ton roman est plein de vérités. L'histoire peint quelques individus; tu peins l'espèce humaine: l'histoire attribue à quelques individus ce qu'ils n'ont ni dit, ni fait; tout ce que tu attribues à l'homme, il l'a dit et fait: l'histoire n'embrasse qu'une portion de la durée, qu'un point de la surface du globe; tu as embrassé tous les lieux et tous les temps. (...) Si l'on appliquait au meilleur historien une critique sévère, y en a-t-il aucun qui la soutînt comme toi? Sous ce point de vue, j'oserai dire que souvent l'histoire est un mauvais roman; et que le roman, comme tu l'as fait, est une bonne histoire". (trad. nossa).

O irônico é que Diderot usa o argumento de Luciano para defender o modo narrativo em prosa que, no século XVIII, tornará periférico o uso da fantasia inverossímil (o que se chamava, à época, de *romanesco*), típico dos romances do XVII, cujo modelo tinha sido o romance grego antigo; e que, no correr da cultura ocidental, acabará por combater um modo não "realista" de narrativa ficcional, como se o "realismo" de *A religiosa* (devedor de Richardson) combatesse a não linearidade e a fragmentação narrativa de *Jacques o fatalista*.[14] O fenômeno dos peritextos nos romances nos séculos XVII e XVIII francês, que toca tão de perto Diderot como romancista, representa, portanto, uma continuação do debate prósofístico e luciânico por outros meios. É como se a separação entre narração e descrição (pseudo-referenciadas no mundo exterior) e argumentação (comunicação sistematizada) fosse enfim transgredida. "Por muito tempo [...] a tradição ocidental tentou separar esses dois modos de empregar a palavra e, consequentemente, os textos fundados sobre esses empregos, distinguindo, ao menos de maneira formal, eloquência e belas letras, retórica e poética" (ZAWISZA, 2013, p. 67. Trad. Nossa).[15] Trata-se de ver como os prefácios, as advertências ao leitor, os prólogos etc., sem dúvida formas herdadas da tradição clássica, tornaram-se campos a serem utilizados de forma inovadora, num projeto anticlássico, de inédita mistura dialógica de níveis discursivos.

Se nos concentramos na singularidade de Diderot, podemos perceber o traço ou mesmo o projeto dialógico radicalizado como constitutivo de várias de suas obras. Tentativas de periodizações diante da

14 L. Costa Lima analisou a questão da não linearidade em Richardson e em Sterne, cujo *Tristram Shandy* é modelo do *Jacques o fatalista* (LIMA, 2009).

15 "Longtemps [...] la tradition occidentale a essayé de séparer ces deux emplois de la parole, et par conséquence, les textes fundés sur ces emplois, en distinguant, au moins de façon formelle, entre l'éloquence et les belles-lettres, entre la rhétorique et la poétique".

profusão de inovações – em geral, transpassadas por questões herdadas da tradição – que o século XVIII francês testemunha nem sempre se deixam subscrever. Quando Marion Hobson aponta a década de 1760 como momento de uma invasão de falsas memórias, ou memórias que na verdade são romances, numa transgressão análoga à do par ficção narrativa/historiografia, esquece que desde as *Memórias do conde de Gramont*, de Hamilton (1713), passando pelo sucesso incontestável de *A vida de Marianne*, de Marivaux (1731-1742), que traz o modelo das memórias desde a infância da protagonista, tal gênero ficcional estava no gosto de escritores e leitores franceses (HOBSON, 2007, p. 126). A nosso ver é mais frutífero notar nos séculos XVII e XVIII franceses uma espécie de vasto e inovador (no sentido de transgressivo em relação às regras clássicas de separação dos estilos poéticos e discursivos) laboratório de experimentações em um campo que acolhia, na luta por um inédito prestígio, os gêneros narrativos ficcionais, em especial o romance. Nesse novo campo, Diderot se destacará não apenas por compor textos em vários estilos, mas por integrar, em peritextos, mas também no próprio texto principal, um dialogismo em alguns momentos autoexplicitado.

Tomemos o que a própria Hobson argutamente aponta n'*A religiosa* um romance de memórias sentimental. Ela lembra que no *Salão de 1767* Diderot inclui o que pode ser lido como uma justificativa para a decisão de publicar, com o romance, o famoso *préface-annexe* (prefácio-anexo), aquele em que se revela que as memórias da freira constituíam uma armadilha brincalhona do autor e dos amigos para que o Marquês de Croismare, ao ser tocado pelo sofrimento da freira – estampada em cartas elas também fictícias, a ele enviadas antes do romance –, se sentisse impelido a retornar a Paris do autoexílio em propriedade rural. No artigo sobre Vernet, no *Salão de 1767*, Diderot inclui a ideia de o leitor ser constrangido a reconhecer seu próprio erro para que descubra os poderes do romance: "É preciso primeiro *seduzi-lo*, para beber no léxico da ilusão, e depois lhe dar condições de perceber a ilusão"[16], escreve Hobson (2007, p. 127).

É o que Diderot também faz ao acrescentar ao prefácio o trecho em que um certo Monsieur d'Allainville o encontra em lágrimas durante a redação de *A religiosa*. Hobson também ressalta, acertadamente, como tal jogo se caracteriza por ambíguas manipulações, e acaba formando uma figura autodesdobrada de Diderot, pois é alguém capaz de se debulhar em lágrimas ao escrever um texto ficcional que teve como objetivo inicial admitido pregar uma peça em um conhecido que tentava trocar o cinismo parisiense pela verdade do campo (HOBSON, p. 129).

Mas podemos acrescentar que a argumentação – integrada perifericamente ou mesmo no próprio texto (em um dialogismo incorporado) – ,no sentido de esclarecer e tornar o leitor ou o auditor autoconsciente, já se encontrava em Luciano. Isso fica claro quando, em *Das narrativas verdadeiras*, ele, na defesa inusitada do *pseûdos* como prática de "antigos poetas, historiadores e filósofos que escreveram sobre muitas coisas prodigiosas e fabulosas", ainda completa: "Numa coisa serei verdadeiro: dizendo que minto". Na paráfrase de Jacyntho L. Brandão: "O leitor [...] não deve crer em nada do que conta, pois ele, Luciano, fala de coisas que jamais viu, jamais experimentou, jamais ouviu da boca de ninguém, que não existem de todo e que não podem existir" (*apud* BRANDÃO, 2001, p. 48). Não basta, pois, defender argumentativamente o *pseûdos*: é preciso que no texto se admita explicitamente que se adentrará o campo do ficcional, dando ao leitor nova chave de leitura. A explicitação, aqui, é índice de cumplicidade entre leitor e texto na transgressão ao discurso vitorioso (socrático e platônico) da *alétheia* (verdade).

---

16 "Il faut d'abord le *séduire*, pour puiser dans le léxique de l'illusion, puis le mettre en état de percevoir l'illusion". (trad. nossa).

Textos de Diderot, como o já referido prefácio d'*A religiosa*, bem como ao francamente híbridos e dialógicos, como *Conversas sobre o filho natural*, *Paradoxo sobre o comediante*, *O sobrinho de Rameau*, mas em especial *Jacques o fatalista, e seu amo* apontam para essa preocupação de instruir, iniciar ou acordar o leitor para o fato da ficção que ele mesmo, texto, apresenta. Michel Delon o apontou: "[...]quase todas as obras de Diderot imitam a desarticulação da conversa, do oral e do epistolar"[17] (DELON, 2013, p. 113). Em geral se trata de instituir tal pluralidade e dinâmica dialógica, com várias vozes (o próprio autor surgindo no corpo do texto como "filósofo" ou "eu"), que o leitor não tem como se fixar numa identidade típica de narrativa linear. O mais paradoxal no caso de um autor que, acreditamos que pela própria incorporação da herança não apenas sofística ou luciânica, mas também cínica, repudiava a sistematização de ideias, é que Diderot foi também um defensor da identificação dir-se-ia sentimental ou patética (em escritos como *Elogio de Richardson* ou mesmo o *Discurso sobre a poesia dramática*). Essa dualidade ou mesmo dilaceração – que, no caso de Diderot, não surge com ar angustiado, mas como inclusividade multifacetada – começa a se explicar quando se nota a tentativa, típica das Luzes (e mesmo num autor avesso a sistematizações), de integrar o contingente e o abstrato, o que, no autor em questão, tem corte materialista, empirista inglês e condillaquiano.

⋆

Mas não é nossa pretensão abarcar com olhar totalizante a obra de um autor cujo pensamento é de difícil, senão impossível, totalização. Interessa-nos perceber como a obra mais metaficcional de Diderot, o romance *Jacques o fatalista e seu amo* (provavelmente escrito entre 1765 e 1784), incorpora tradições específicas ligadas à segunda sofística e

---

17 "[...]presque toutes les œuvres de Diderot miment le décousu de l'entretien, l'oral ou l'épistolaire". Trad. nossa.

a Luciano, para além de sua forma francamente dialógica e plurilinguística. Para tanto, indiquemos que um romance tão explicitamente referenciado ao *Dom Quixote* não poderia deixar de trazer a marca de Apuleio e de seu *Asno de ouro*, o qual, aliás, se mostra presente como modelo para as narrativas picarescas que, como se sabe, foram fundamentais para os romances ditos *burlescos* franceses do século XVII e XVIII, como *Gil Blas de Santillane*, de Le Sage. Redescoberta no Renascimento, a obra de Apuleio é, por sua vez, muito provavelmente extraída do *Loukios ê Onos* (*Lúcio, o asno*), atribuído a Luciano.[18] e tem como fonte provavelmente a obra, hoje perdida, de certo Lúcio de Patras. Trata-se de incluir *Jacques o fatalista* na linhagem da sátira luciânica-apuleiana, gênero que traz um olhar vituperador em relação aos vícios dos homens: o *original* Jacques, personagem do povo, serve de contraponto ao patrão, pertencente a classe social elevada. Repete-se a diferença cômica de Sancho Pança e Dom Quixote[19], em que os homens do povo são guardiães do "princípio de realidade", enquanto os patrões plainam mais afastados da concretude (pré-linguagem) da vida (o amo de Jacques não chega a ser louco, o que torna a inversão de papéis, não apenas no domínio erótico, ainda mais sutil). Em relação ao texto de Luciano, tentemos uma aproximação no que concerne das mulheres como seres ora protetores (maternais), ora extremamente erotizados (no texto de Luciano o protagonista participa de duas cenas de sexo descritas com um realismo bem "baixo", na divisão hierárquica dos discursos na era clássica), ora extremamente perigosos: são feiticeiras ou mesmo zoófilas. No *Jacques o fatalista*,

18 A hipótese da existência de uma obra-fonte primeira desses dois textos, tanto o de Luciano quanto o de Apuleio, que seria um tal de Lúcio de Patras, é intrincada e nunca foi provada. Cf.: BRANDÃO, 2005, p. 147.

19 Ao lado dos romances de Rabelais e de Sterne, *Dom Quixote* é o modelo mais explícito para o *Jacques le fataliste*. Por seu lado, o romance de Cervantes sabidamente emula as *Metamorfoses* de Apuleio.

é famosa a história de Madame de la Pommeraye, que deu origem ao filme *As damas do Bois de Boulogne*, de Robert Bresson (1945). É um conto libertino, com uma mulher como grande manipuladora e vingadora da traição masculina, que pode ter influenciado Laclos em seu *Ligações perigosas*, lançado em 1782, dois anos após surgir parte do *Jacques o fatalista* no peridódico *Correspondance littéraire*, de Melchior Grimm. Há ainda a estalajadeira dona da cadela, que Jacques pensa ser filha dela ao ouvi-la defendê-la chamando-a pelo nome, Nanon, diante de hóspedes que a maltratavam. Jacques tinha tomado a cena por um impertinente assédio erótico. Aqui se cruzam inusitadamente as questões da animalidade e da crueldade dos humanos, central em *Lúcio ou o asno*.

No pequeno romance atribuído a Luciano, a escrava Palaistra, tentando imitar sua patroa, a perigosíssima feiticeira esposa do avaro mas simpático anfitrião de Lúcio, em vez de transformar em ave o hóspede – que acabara de convencê-la a lhe mostrar a patroa em ação em sua sala de magia por meio de um acalorado encontro erótico –, transforma-o num burro. E ao fim da narrativa, a mulher que se enamorara fortemente por Lúcio na forma de um burro, regalando-se sexualmente com ele, humilha-o ao rejeitá-lo por conta do tamanho diminuto de um órgão genital que ela compara, metaforicamente, com o de um reles macaco... (cf.: LUCIANO, 1999; PATRAS, 1818).

Mas talvez seja o modelo das *Metamorfoses ou O asno de ouro*, de Apuleio, a trazer à baila com maior nitidez um aspecto essencial do romance de Diderot. Bem no início do romance – bem conhecido na França desde a tradução feita em 1517 por Guillaume Michel –, diferentemente do *Lúcio, o asno*, o que se vê é certa polifonia de vozes surgida *in media res*, início típico dos romances gregos. Depois da promessa de contar várias fábulas, e de se autoapresentar como narrador, este conta como encontra por acaso (a questão do acaso é fundamental em *Jacques o fatalista*) dois viajantes, e a primeira frase que ouve, de um deles em relação ao outro, é: "[*tu*] contas tantos absurdos e tão grandes mentiras!" (APULEIO, s/d, p. 16).[20] O narrador argumenta com o incrédulo: "quem sabe se uma pesada obstinação não fecha tuas orelhas e o teu entendimento a um fato verídico?" (*IDEM, ibidem*).[21] Como se vê, o ponto é o da valorização do contar/ouvir histórias e, mais agudo ainda, o da dificuldade de estabelecer um limite entre mentira e verdade discursiva, daí a valorização mesmo de narrativas com aparência de mentira. Na sequência, o narrador, na linha de Luciano, defende a curiosidade diante do discurso com aparência de mentira (*pseûdos*), pois o que parece mentira pode trazer uma verdade de forma e tamanho novos e desconhecidos: "[...]o erro e o preconceito não querem ver senão mentira quando não se está preparado para ouvir, nem habituado a ver, essas coisas que parecem pelo menos ultrapassar o nível da inteligência" (*IDEM, ibidem*). Como no *Jacques o fatalista*, o contar/ouvir histórias e o limite fluido entre as ações dos personagens, as muitas histórias que eles contam entre si e, surpreendentemente, num nível metanarrativo, as reflexões do narrador sobre o próprio ato de criar e narrar o ficcional são os eixos centrais da obra.

O romance de Diderot não apenas põe em primeiro plano a questão da invenção ficcional, sempre plurilinguística e dialógica (são vertiginosas as passagens do metanarrador aos diálogos dos personagens, os quais, na verdade, contam e ouvem muito mais histórias do que as vivem), bem como do novo sentido que o destino tomará na modernidade, agora sem os tradicionais arcabouços mítico e religioso

20 Na tradução de Pierre Grimal: "épargnez-nous des mensonges aussi absurdes et aussi énormes!" [poupe-nos de mentiras tão absurdas e enormes!] Trad. nossa (APULEIO, 1958, p. 146).

21 Na tradução francesa: "tu te bouches les oreilles, tu endurcis ton coeur contre ce qui est peut-être la vérité" [tu tapas as orelhas, endureces teu coração contra o que seja, talvez, a verdade"] Trad. nossa. (APULEIO, 1958, *idem*).

(greco-latino e cristão), e tem nos homens o mantenedor de suas rédeas (e a doutrina do pergaminho escrito nos céus, de Jacques, é um modo cômico de lidar com isso). Ele também tematiza, de forma bastante aguda, o ponto filosófico das relações entre a narrativa e, mais especificamente ainda, a linguagem e seu entorno concreto.

Esse último ponto está na interseção do que os próprios enciclopedistas, Diderot à frente, descrevem como sendo parte do legado dos cínicos (sabe-se da relação de Luciano e da segunda sofística com eles) e dos estoicos: "[...]o estoicismo surge da escola cínica", lê-se no início do verbete "Estoicismo" da *Enciclopédia*.[22] Há ali também uma suposta (selecionada) ancestralidade do empirismo inglês, caro a Diderot: "Nada há no entendimento que não tenha estado antes na sensação".[23] Mas há a relação entre tal sensibilidade (nível sensorial ou sensível) e a constituição do que os estoicos chamavam de incorporais: "Entre as coisas compreendidas, há as mais e as menos sensíveis; as incorporais são as menos sensíveis" (DIDEROT, 2016). Como visto, só se chega a tal nível incorporal a partir do corporal-concreto:

---

22 "[...]le stoïcisme sortit de l'ecole cynique" (trad. nossa). No ensaio *Diogène*, J. Starobinski (2012, p. 201-223) destaca a influência dos cínicos em Diderot, sem tocar na relação com os estoicos. O mesmo acontece com pesquisadores que apontam a suposta passagem de um cinismo de início de carreira, até a prisão de 1749, e um novo dialogismo de corte socrático a partir de então, como é o caso de L. Shea (2009). Como apontamos traços da segunda sofística e do cinismo antigo em *La religieuse* e em *Jacques le fataliste*, romances tardios na vida de Diderot, nossa posição é de uma postura cínica e luciânica perpassando toda a obra do *philosophe*, ora mais, ora menos explicitamente. Sua despreocupação e mesmo sua reflexão sobre os limites do estilo individual e da coerência autoral seriam legados daquela tradição antiga.

23 "...il n'y a rien dans l'entendement qui n'ait été auparavant dans la sensation". DIDEROT, 2016. Disponível em: https://artflsrv04.uchicago.edu/philologic4.7/encyclopedie0922/navigate/15/2585?byte=5837178 (pág. 15:527). Acesso em 13/09/2017.

"Toda percepção vem originariamente dos sentidos", e: "O que se viu, o que se concebeu fica na alma, como a impressão na vista, com suas cores, suas figuras, e suas elevações e cavidades".[24] Lembremos rapidamente que no verbete os estoicos são retratados como fatalistas (como Jacques), panteístas (como Espinosa) e ateus.

As várias e rápidas passagens de nível (do metanarrador aos personagens e da narração de histórias dos personagens para suas ações) são marcadas – como não poderia deixar de ser pelo recurso formal, bem como pela tematização das sequências de interrupções. Há de vários tipos e em vários ritmos: interrupções da narração do metanarrador; interrupções de histórias narradas por algum dos personagens por conta da entrada em cena de outro personagem ou do metanarrador; interrupções de falas de personagens pelo narrador e vice-versa etc. "Enquanto disserto, o amo de Jacques ronca como se tivesse me escutado"[25], diz o narrador (DIDEROT, 1973, p. 200). Esse procedimento nos parece remeter, de forma geral, para uma passagem cara à filosofia desde Platão – entre o nível da linguagem, que remete à possibilidade de abstração, e o corporal, ou seja, o dos universais (imateriais) e o dos particulares (materiais). Há passagens bem explícitas sobre tal tema, como quando certa palavra só ganha concretude (significado, conteúdo semântico) com as ações, ou seja, com a experiência concreta e corporal: "a palavra dor era sem ideia, e [...] só começava a significar algo no momento em que lembrava a nossa memória uma sensação que tínhamos experimentado" (DIDEROT, 1973, p. 51).[26]

---

24 "Ce qu'on a vu, ce qu'on a conçu reste dans l'âme, comme l'impression dans la vue, avec ses couleurs, ses figures, ses eminences, & ses creux". DIDEROT, 2016, *idem*. Acesso em 13/09/2017.

25 "Tandis que je disserte, le maître de Jacques ronfle comme s'il m'avait écouté". Trad. nossa.

26 "le mot douleur était sans idée, et [...] il ne commençait à signifier quelque chose qu'au moment où il rappelait à notre mémoire une sensation que nous avions éprouvée". Trad. nossa.

Na sequência há a conversa entre Jacques e o amo sobre a gravidez feminina. Jacques conclui que quem nunca pariu uma criança não pode sequer lamentar, a partir de suposta empatia (*plaindre*), a dor de uma mulher que está parindo.

É apenas um exemplo de passagem em que é trazida ao primeiro plano a imbricação entre as palavras (com sua capacidade de abstração) e o nível corporal-sensível (da experiência). Já filiado ao partido dos cínicos e de seus continuadores, os estoicos, bem como ao da segunda sofística e dos romancistas gregos antigos, Diderot adentra o dos empiristas, de Locke a Condillac, ao defender que uma palavra é "sem ideia" a não ser que uma experiência corporal concreta (sensível) determine e preencha o *sentido* (o sentido linguístico e fenomenológico, não o sensorial) que emanará do nível incorporal, da linguagem. Em suma, contra o socratismo, a filosofia clássica (Descartes incluído) e mesmo a nova racionalidade abstrata das Luzes (de Voltaire a Kant), Diderot concebe a linguagem como autônoma em si e para si (e o romance é a prova autorreflexiva disso), mas apenas sob a condição de não se separar da sensibilidade dos corpos.

Bibliografia

APULEIO. *Les métamorphoses*. In: *Romans grecs et latins* (trad. Pierre Grimal a partir do texto latino estabelecido por O. S. Robertson, da Univ. de Cambridge). Paris, Gallimard, 1958.

APULEIO. *O asno de ouro* (trad. Ruth Guimarães a partir do texto latino estabelecido por D. S. Robertson). Rio de Janeiro, EdiOuro, s/d.

BAKHTIN, Mikhail. *Problemas da poética de Dostoiévski*. Rio de Janeiro, Ed. Forense Universitária, 2002.

BRANDÃO, Jacyntho L. *A poética do hipocentauro*. Belo Horizonte, Editora UFMG, 2001.

CASSIN, Barbara. *O efeito sofístico*. São Paulo, Editora 34, 2005.

DELON, Michel. *Album Diderot. Bibliothèque de la Pléiade*. Paris, Gallimard, 2013.

DESMARETS DE SAINT-SORLIN, Jean. *Rosane, histoire tirée de celle des Romains et des Perses*. Paris, Chez Henry le Gras, 1649. Disponível em http://gallica.bnf.fr/ark:/12148/bpt6k1229382/f1.image. Acesso em 10/09/2017.

DIDEROT, Denis. *Jacques le fataliste et son maître*. Paris, Gallimard, 1973.

DIDEROT, Denis. *Œuvres complètes*. Tome XIII. Paris, Hermann, 1980.

DIDEROT, Denis. Stoïcisme. Research and Archival Materials. University of Chicago: ARTFL *Encyclopédie Project* (2016 Edition), MORRISSEY, Robert, ROE, Glenn (orgs.). Disponível em http://encyclopedie.uchicago.edu/. Acesso em: 15/09/2017.

FUMAROLI, Marc. *Le sablier renversé. Des Modernes aux Anciens*. Paris, Gallimard, 2013.

FUSILLO, Massimo. The Mirror of the Moon: Lucian's *A True Story* – From Satire to Utopia. In: SWAIN, S. (org.). *Oxford Readings in The Greek Novel*. Oxford, Oxford University Press, 1999. HERMAN, Jan, KOZUL, Mladen, KREMER, Nathalie. *Le Roman véritable*. Oxford, Voltaire Foundation, 2008.

HOBSON, Marion. *L'Art et son objet*. Paris, Honoré Champion, 2007.

LALLEMAND, Marie-Gabrielle. Roman et humanisme dévot: l'exemple de Desmarets de Saint-Sorlin. *Littératures Classiques*. Paris. N° 79, p. 159-176, 2012-2013. Disponível em: https://www.cairn.info/revue-litteratures-classiques1-2012-3-page-159.htm. Acesso em: 20/09/2017.

L'École des filles. In: *Libertins du XVII siècle*. Paris, Ed. Gallimard, 1998.

LIMA, Luiz C. *O controle do imaginário & A formação do romance*. São Paulo: Companhia das Letras, 2009. LUCIANO (DE

SAMÓSATA). *Das narrativas verdadeiras. Tradução, notas e estudo.* SANO, Lúcia. Tese de mestrado. 2008. Departamento de Letras Clássicas e Vernáculas/ Programa de Pós-graduação em Letras Clássicas. Faculdade de Filosofia, Letras e Ciências Humanas, USP. São Paulo-SP. Disponível em: http://www.teses.usp.br/index.php?option=com_jumi&fileid=20&Itemid=96&lang=ptbr . Acesso em: 21/09/2017.

LUCIANO. *Lucius ou l'âne.* Nova tradução anotada por Michel Dubuisson (Universidade de Liège). 1999. Disponível em http://bcs.fltr.ucl.ac.be/Onos/AneTrad.html. Acesso em 12/09/2017.

MARTIN, Henri-Jean. *La naissance du livre moderne (XIVè-XVIIè siècles).* Paris, Cercle du Livre Moderne, 2000.

PATRAS, Lucius. (atribuição equivocada; texto hoje atribuído a Luciano de Samósata). *La Luciade ou L'âne.* Paris, L'Imprimerie de A. Bobbé, 1818. Disponível em https://archive.org/stream/laluciadeoulne00luci#page/n7/mode/2up. Acesso em 22/09/2017.

SADE, Marquês de. *Reflexões sobre os romances.* In: *Novelas trágicas.* São Paulo, Ed. Carambaia, 2017. Posfácio de André Luiz Barros.

SHEA, Louisa. *The Cynic Enlightenment: Diogenes in the Salon.* Baltmore, Johns Hopkins University Press, 2009.

STIERLE, Karlheinz. *A ficção.* Trad. Luiz Costa Lima. Rio de Janeiro, Novos Cadernos do Mestrado - UERJ, 2006 (2001).

ZAWISZA, Elisabeth. *L'Âge du péritexte.* Paris, Hermann, 2013.

Jacques le fataliste: dialogismo, antifinalismo, espinosismo e o desejo moderno

No romance *Jacques le fataliste et son maître*, de Diderot (terminado provavelmente em 1773), a ideia de onisciência e mesmo de onipotência da consciência livre do narrador é clara: ele, narrador, anuncia e comete, o tempo todo, várias transgressões, no sentido de controle total do curso do narrado, da transgressão dos limites dos gêneros antigos à da nova ideia de consciência (e de simpatia, que será cara aos primeiros românticos), passando pela transgressão das próprias possibilidades conhecidas e aceitas do narrar. É como um jogo de ultrapassar limites conhecidos – jogo, aliás, bem ao gosto da modernidade. Sendo o romance de Diderot uma espécie de filhote do romance de Laurence Sterne *A vida e as opiniões do cavalheiro Tristram Shandy*[1], é necessário compará-los quanto a esse ponto e concluir que tal característica geral é recorrente, mas de formas diferentes em cada obra. No *Jacques le fataliste*, trata-se de onipotência do narrador como (pseudo)criador da trama, ponto a ponto. "*Comment s'étaient-ils rencontrés? Par hasard, comme tout le monde*", inicia o narra-

1 Confira STERNE (1984).

dor onisciente dialogante, que logo alardeia a onipotência criadora: "*Vous voyez, lecteur [...], qu'il ne tiendrait qu'à moi de vous faire attendre un an, deux ans, trois ans, le récit des amours de Jacques [...] Qu'est-ce qui m'empêcherait de marier le maître et de le faire cocu?*" (DIDEROT, 1973, p. 36-37).

No *Tristram Shandy*, por sua vez, a onisciência e a onipotência se relacionam ao poder do comentário digressivo a partir de um eixo individual e familiar fechado: toda e qualquer ação ou ideia narrados pode ser comentada da forma mais livre, a partir de perspectivas as mais inesperadas, mas retornam a um ambiente particularizado pelas manias individuais (do próprio narrador que tenta narrar sua autobiografia) e familiares. Desde o início, diante de seu próprio nascimento, o desejo de comentário do narrador é afirmado como podendo intervir no sentido de tudo o que é narrado, mesmo em fatos que comentários teriam pouco ou nenhum poder de intervenção transformadora: "Bem quisera eu que meu pai ou minha mãe, ou na verdade ambos, [...] tivessem posto maior atenção no que faziam quando me geraram..." (STERNE, 1984, p. 47).

E no entanto, esse narrador que é interveniente até o último grau, tanto no romance de Sterne quanto no de Diderot, acaba se mostrando, ao mesmo tempo, impotente. Em termos lógicos, trata-se de responder à questão: "Qual é o limite da liberdade (supostamente) total da consciência (no caso, narradora)?" Ou seja, mais conciso ainda: o que limita o ilimitado? (também no sentido do infinito que habita a subjetividade humana, para os primeiros românticos ou mesmo para Kant).

Cada romance encaminha a questão a sua maneira. No *Jacques*, ao longo e, em especial, no final do livro se percebe que a onipotência e a onisciência do narrador tem "pés de barro". Compreende-se então por que, vez por outra, ele confessa a impotência: "No dia seguinte eles chegaram... – Onde? Juro que nada sei a respeito. –

E o que tinham para fazer aonde iam? Tudo o que lhe agrade"[2] (DIDEROT, 1973, p. 316). Bem no final, há de repente um estancamento do fluxo narrativo e o narrador diz que dali em diante precisará recorrer a livros de memórias sobre Jacques que, no entanto, são tidos como inconfiáveis. Dialogante como é – ou seja, aberto aos sentidos divergentes dos outros; em suma, nada onipotente... –, o narrador reconhece que no futuro ter-se-á todo direito de apontar erros nesse final tirado de memórias alheias.

A pseudo-onipotência livre anterior se revela, ao fim e ao cabo, como limitação extrema por conta da fidelidade devida a um "manuscrito de que eu [o narrador] sou o dono" ["manuscrit dont je (o narrador) suis le possesseur"] (DIDEROT, 1973, p. 316).[3] Trata-se, claramente, de uma espécie de duplicação por analogia do "*rouleau écrit là-haut*" [pergaminho escrito lá no alto], a metáfora-símbolo do fatalismo de Jacques, a alicerçar sua precária filosofia a um só tempo pragmática e abstrata, que assim pode ser resumida: tudo o que acontece já estava escrito antes no tal pergaminho dos céus. Dos três finais lidos nas memórias, o segundo seria a interpolação de um plágio incluído – nada mais, nada menos – no *Tristram Shandy*... A inversão é hilária: o *Tristram* como plágio do *Jacques*, e não o contrário – já que o próprio fato de citar o romance inglês já prova que o de Diderot lhe é posterior...

A impotência própria ao narrador do *Tristram Shandy* decorre de sua própria condição de autobiógrafo. Se seu poder de digressão – e de torção do sentido a partir das reflexões sempre periféricas a algum fio supostamente central da narração de sua vida – são de

2 "*Le lendemain ils arrivèrent... – Où? D'honneur je n'en sais rien. – Et qu'avaient-ils à faire où ils allaient? – Tout ce qu'il vous plaira*". Tradução nossa.

3 Há uma possível ambiguidade, pois em certos trechos parece que o narrador ouviu da boca de Jacques os fatos narrados.

uma liberdade dir-se-ia estonteante, a liberdade própria da consciência e da imaginação, mesmo que idiossincrática, ambas jogando livre e dinamicamente com os sentidos que vão surgindo do narrar. Obviamente, a leitura do romance de Sterne – indo, assim, na direção exata de uma questão central do *Jacques le fataliste* – mostra com nitidez que a liberdade é sempre algo sobredeterminado. Se na psicanálise o conceito de sobredeterminação indica os fios invisíveis (estruturais) que comandam a construção da narrativa onírica sem que o sonhador tenha consciência deles, a suposta liberdade de Tristram em suas digressões esbarra num mundo fechado, onde as repetições banais, as idiossincrasias, as monomanias (o *hobby-horse* como esteio maníaco da ideia do prazer/desejo como uma baliza importante do sujeito ocidental) definem limites bem estreitos para aquela imaginada liberdade – a qual, como se sabe, tanto seduzirá os românticos, leitores apaixonados do *Tristram Shandy* e de *Jacques le fataliste*.

Se a primeira geração romântica partiu desse fascínio com o narrador onipotente (e supostamente livre) dos dois romances para cunhar o conceito de ironia, podemos, pós-romanticamente, fazer uma crítica desse conceito apontando seu limite não-fetichizado: será de fato possível a onipotência narrativa? Por mais que ela tenha representado, à época, por um lado, uma nova liberdade figurativa, escapando das regras da arte clássica e, por outro, a inédita figuração da consciência humana em seu próprio movimento "livre". Ao tentar definir a esfera do romance como gênero e do romântico como movimento cultural geral, na defesa que faz de Jean Paul (pseudônimo de Friedrich Richter) e Laurence Sterne, Schlegel (*apud* COSTA LIMA, 1984) tenta inverter o sentido depreciativo do termo *sentimental*, definindo-o de modo amplíssimo: "este espírito é o sopro sagrado que nos toca nos sons da música. É um ser infinito e não funda e limita seu interesse apenas em pessoas, fatos, situações e pensadores individuais" (SCHLEGEL *apud* COSTA LIMA, 1984, p.161). Mais adiante na mesma carta, define o romance como uma espécie de híbrido, no qual se inclui a música ("não consigo pensar um romance senão como mistura de narrativa, canto e outras formas" (SCHLEGEL *apud* COSTA LIMA, 1984, p.162)).

Nota-se agora – e notaria um leitor atento e não-romântico dos romances de Sterne e de Diderot – que a suposta liberdade do narrador onipotente na verdade tem pés de barro. Na obra de Sterne, ela se esvai no ambiente fechado (familiar e de classe) e nas monomanias que o sustentam, todas podendo ser concentradas na ideia do *hobby-horse,* prática monomaníaca e desligada do utilitarismo que define a identidade mínima de cada indivíduo. Na obra de Diderot, tal (pseudo) liberdade onipotente não se concentra em apenas uma consciência narradora, mas é, ela mesma, dialógica, a partir da (pseudo)liberdade do metanarrador em narrar a história.

Se a própria vida, a autobiografia, é o fio da trama sempre adiada e nunca narrada no *Tristram*, no *Jacques* o fio central seria (mas na prática, não é – aliás, do mesmo modo que no *Tristram* a autobiografia não se desenvolve como o esperado) a história dos amores do protagonista, que, quando mal e mal se encaminha, nota-se que não se trata de "história de amores", mas de imbróglios eróticos sem nenhuma grandeza ou graciosidade, vazados pelo acaso mais banal, até chegar a uma única cena amorosa mais delicada, com Denise, que tem como mote, no entanto, o erotismo, nítido no fato de Jacques ter comprado ligas para as meias da moça. Mas a coisa é ainda mais radical, pois se não houve propriamente nem começo das histórias prometidas ao amo, nem desenvolvimento delas, mas demonstrações seguidas de uma ética mínima a partir de repetições sobredeterminantes, tampouco haverá final, incorporando, a nosso ver, um dos aspectos mais singulares da filosofia de Espinosa: a tentativa de pensar as ações humanas (a ética) sem nenhum finalismo, ou seja, subtraindo-se a noção de teleologia. Tanto que serão três os finais alternativos e aporéticos do romance... Eis um exemplo central, estrutural, de transgressão das expectativas diante da narração: sua crítica, radical, já que incorporada também formalmente, do finalismo.[4]

Nesse final, surge a ideia de que o narrador, que se autoanunciara onipotente em relação à narrativa, podendo interrompê-la a qualquer momento, adiar desdobramentos ou histórias paralelas, trocar de cena ou personagem ou pular fatos ou episódios (assim como o próprio Jacques como narrador intradiegético), na verdade teve, ao longo de todo o romance, apenas a estreitíssima liberdade de copiar um manuscrito sobre a história de Jacques e seu patrão ao qual só ele tinha acesso. Onipotência, onisciência criadora, mas também limitação e impotência do copiador do manuscrito original, que duplica o abstrato "escrito lá no alto". Eis uma bela figura, literariamente trabalhada, da dialética entre liberdade (e infinito) e sobredeterminação. Como se lembrou, em Freud a liberdade de criação do sonho pelo sonhador é apenas aparente – e portanto, aqui, o exemplo do sonho é bom não apenas por constituir uma narrativa criada imaginativamente, mas também por ser uma estrutura de narrar totalmente balizada por um "manuscrito invisível", mergulhado abissalmente no inconsciente do sonhador – que, por sua vez, é tanto o demiurgo todo-poderoso, quanto o espectador impotente do sonho, como o narrador do *Jacques* (nesse sentido, pode-se brincar com a ideia de que aos primeiros românticos faltou o conceito do inconsciente, para que não fetichizassem a liberdade da consciência...).

Sem se valer de Freud, Starobinski (2012) chega à descrição de uma lógica em que há espaço para a vontade e a liberdade, embora seja um espaço estreito, ou melhor, em suas palavras: "condicionado" (em vez de sobredeterminado). Se Jacques diz que a gente passa

4 Desenvolvemos esse ponto no texto "Como narrar o banal: *Jacques le fataliste* sem destino e sem Juízo Final" (BARROS, 2015).

"três quartos da vida [...] fazendo o que não quer", sobra um quarto – e tal interpretação leva o crítico suíço a sugerir uma proposição por assim dizer moderna da doutrina monomaníaca (e hiper-abstrata) do "pergaminho escrito (previamente) nos céus": "ele se escreve à medida que agimos, registrando e ratificando irrevogavelmente tudo o que estamos prestes a realizar"[5] (STAROBINSKI, 2012, p. 296-297).

Porém, à diferença do *Tristram*, por um lado, e da idealização dos românticos, por outro, o dialogismo em *Jacques le fataliste* é central e estrutural, determinando, no nível da enunciação, narradores em vários níveis, e no nível do encadeamento do enredo, o procedimento das interrupções seguidas. Se nomeamos tais níveis de vertical e horizontal, o dialogismo se mostra cruzado, tanto vertical quanto horizontal, o que o potencializa. Isso porque, além dos chamamentos locutórios do narrador ao leitor ("Vês, leitor, que estou num bom caminho" (DIDEROT, 1973, p. 36); "E crês, leitor, que a apologia de Madame de la Pommeraye é mais difícil de se fazer?" (DIDEROT, 1973, p. 198) e da construção lúdica de um leitor-interlocutor com perfil específico ("Entras em furor em nome de Mme de la Pommeraye e gemes: 'Ah! Que mulher horrível!...'" (DIDEROT, 1973, p. 198), traduções nossas), há ainda, de forma bastante recorrente e, portanto, sintomática, abruptas passagens do vertical ao horizontal, ou vice-versa.

Encontram-se interrupções de histórias narradas pelo metanarrador para atos ou falas dos personagens; interrupções de histórias narradas por algum dos personagens por conta da entrada em cena de outro personagem; interrupções de falas de personagens pelo narrador etc. "Enquanto disserto, o amo de Jacques ronca como se tivesse

5 "il s'écrit à mesure que nous agissons, enregistrant et entérinant irrévocablement tout ce que nous sommes en train d'accomplir". Trad. nossa.

me escutado" (DIDEROT, 1973, p.200), diz o narrador. Esse procedimento chama a atenção para um nível de passagem muito sutil entre o que seria o nível da linguagem e o nível corporal, o nível das palavras e o das ações, o dos universais (imateriais) e o dos particulares (materiais). Uma palavra só ganha concretude (significado, conteúdo semântico) com as ações, ou seja, com a experiência (vida): "a palavra dor era sem ideia, e [...] só começou a significar alguma coisa no momento em que trouxe à nossa memória uma sensação que havíamos vivenciado"[6] (DIDEROT, 1973, p.51). Na sequência dessa frase, se Jacques nunca pariu, não pode lamentar (*plaindre*), sentindo empaticamente, a dor de uma mulher no parto.

Perceba-se que o romance, aparentemente desestruturado – "É bem evidente que não faço um romance [...]" (DIDEROT, 1973, p.47) –, está, na verdade, urdido a partir de algumas poucas questões que surgem no nível mais banal e concreto (da experiência, da vida, e não das abstrações) – identificado, na verdade, ao antigo "baixo" pícaro ou burlesco –, mas que têm reverberações possíveis em níveis filosóficos tão sutis quanto disruptivos, para a época. É o caso da imbricação entre a questão das "palavras e coisas" e da empatia (ou afetação, para usar um termo de Espinosa) em relação ao outro. Mais adiante, uma discussão banal sobre traição e a moral feminina serve tão somente para desviar o olhar do leitor da questão central, que era o mau humor do marido diante da caridade (empatia com a dor alheia) da esposa.

Flagra-se aí, a nosso ver, um procedimento singular do autor, uma espécie de deslizamento tanto semântico (a passagem do tema da empatia diante da dor alheia para o das suspeitas banais contra as

6 "[...] le mot douleur était sans idée, et [...] il ne commençait à signifier quelque chose qu'au moment où il rappelait à notre mémoire une sensation que nous avions éprouvée". Trad. nossa.

mulheres) quanto sonoro (nível do significante) e/ou metafórico/alegórico. A esposa do estalajadeiro diz que toda vez que sua orelha coça depois (do sexo) é sinal de que ela engravidará (o tema da gravidez retorna). Note-se que estamos tanto no nível dos sinais premonitórios (tema que estará ligado ao do "pergaminho escrito nos céus" por razões óbvias, por exemplo, no caso do cavalo do carrasco), quanto no da corporalidade bem concreta. O significante "orelha" então sofrerá certo deslizamento. O marido logo responde: "Tua orelha não sabe o que diz", ligando "orelha" e "boca" para rechaçar a dimensão premonitória. Quando Jacques e o amo voltam a falar, cruzam-se os temas da gravidez e da caridade: "Nunca tivemos tantos filhos como em tempos de pobreza", diz o amo. E Jacques: " é o único prazer que não custa nada; consolamo-nos durante a noite, gratuitamente, pelas calamidades do dia"[7] (DIDEROT, 1973, p.55). Lembra que sentiu dor no joelho e gritou – foi quando o casal notou que ele ouvia do outro lado da porta (ainda "ouvido"). A estalajadeira se envergonha e diz que no dia seguinte não "ousará olhar para ele" (deslocamento para "olho"). O marido a repreende e tenta acalmá-la e seduzi-la ao mesmo tempo: "será que uma mulher tem um marido para nada?" (DIDEROT, 1973, p. 55). Ela reclama repetidamente da orelha até que (temos acesso só ao que Jacques escuta) a palavra "*oreille*" [orelha] começa a se desfazer em sílabas separadas – o que indica, ambiguamente, que os dois fazem sexo. "[...] sua dor de ouvido [*mal d'oreille*] diminuíra de alguma" (DIDEROT, 1973, p. 55), diz Jacques, reforçando a versão picante.

7 "On ne fait jamais tant d'enfants que dans les temps de misère", diz o amo. E Jacques: "[...] c'est le seul plaisir qui ne coûte rien; on se console pendant la nuit, sans frais, des calamités du jour". Trad. nossa.

O amo maliciosamente supõe que Jacques se apaixonara pela estalajadeira. Ele nega e o amo faz outra brincadeira de duplo sentido: "Você aparentemente acredita que mulheres com ouvidos como os dela ouvem de boa vontade?" (DIDEROT, 1973, p. 55). E Jacques completa a brincadeira, retomando a malícia ligada à suposta fama (ou à pura fantasia masculina) do gosto daquela mulher em trair o marido: "Acredito [...] que elas não ouvem a mesma pessoa por muito tempo, e que têm certa tendência a dar ouvidos [*prêter l'oreille*] a outra" (DIDEROT, 1973, p.55). Como se nota, a ideia de traição surge brilhantemente junto da defesa da mulher: se as orelhas não escutam todo dia a mesma coisa (se têm experiências sempre renovadas, numa variação de outro tema diderotiano contumaz no romance e em textos como o *Paradoxe sur le comédien* [Paradoxo do ator][8]), não têm por que emprestar a orelha – deslocada semanticamente para "vagina" – a um outro. Lembremos que em seu primeiro romance, *Les bijoux indiscrets* [*As joias indiscretas*][9], as joias (*bijoux*) do título são metonímias para o órgão sexual feminino que, graças ao anel mágico do sultão Mongogul, fala, narrando os segredos da aristocracia e do rei. O deslocamento semanticocorporal tem a mesma função erótica, naquele único romance publicado em vida por Diderot. Note-se, portanto, o trânsito sutil entre os níveis universal-abstrato e o corporal-concreto, sendo a linguagem o operador de passagem: nessa teoria da linguagem a contrapelo, a noção de um significante sem imagem correspondente (*sans idée*) contrasta com a das coisas (corpos, concretudes) que "engravidam" (preenchem de concretude) os significantes por meio da experiência – a dor sendo, aí, o exemplo-limite de experiência.

---

8 Confira Diderot (2012).

9 Confira Diderot (2016).

Se lembramos que na Inglaterra, John Locke, pensador que está por trás do *Tristram Shandy* – bem como, por assim dizer, de todo o Iluminismo inglês que, como se sabe, influenciará sobremaneira o francês –, havia condenado todo e qualquer deslizamento de sentido que escapasse ao crivo do julgamento organizador, podemos notar que, assim como Sterne, nesse romance Diderot parece afrontar satiricamente

> o julgamento [em relação ao *wit* (humor)], dá-se bem em outro âmbito, separando cuidadosamente, umas das outras, ideias nas quais se encontre a menor diferença, evitando assim ser enganado pela semelhança, e pela afinidade em tomar uma coisa por outra. Esta é uma forma de proceder bastante contrária à metáfora e à alusão; onde reside, na maior parte, o entretenimento e o agrado do humor [*wit*], que impressiona tão vivamente a imaginação e, portanto, é tão aceitável para todas as pessoas, porque sua beleza aparece à primeira vista, e não é necessário nenhum trabalho de pensamento para examinar a verdade ou a razão que há nele (LOCKE, 2016 , p. 139-140).[10]

A obsessão em definir as ideias simples a partir da materialidade das "coisas" externas à linguagem e ao pensamento, bem como em evitar que as ideias complexas se tornem confusas, perdendo, assim, seu fundo empírico, leva Locke a defender a organização trazida pelo

---

10 "judgment, lies quite on the other side, in separating carefully, one from another, ideas wherein can be found the least difference, thereby to avoid being misled by similitude, and by affinity to take one thing for another. This is a way of proceeding quite contrary to metaphor and allusion; wherein for the most part lies that entertainment and pleasantry of wit, which strikes so lively on the fancy, and therefore is so acceptable to all people, because its beauty appears at first sight, and there is required no labor of thought to examine what truth or reason there is in it". Tradução nossa.

ato de julgar. Mas o que fica de fora, como inaceitável, é nada menos que o *wit* (a palavra traz ecos da antiga "agudeza": a capacidade de sintetizar ideias com rapidez de modo a satirizar ou contrapor-se a algum argumento ou situação), a semelhança, a metáfora, a alusão – todos conceitos definidos como extravagâncias (*fancy*) do pensamento, embora muito belas e atrativas. Não seria exatamente por escapar à concretude corporal, deslizando por meio da semelhança, da proximidade apenas significante, que as falas de Jacques e de seu amo, bem como a do narrador, mostram-se francamente contrárias ao labor racional e organizativo exigido por Locke e outros pais da cientificidade filosófica moderna?

Conhecendo-se o materialismo de Diderot, que desemboca no determinismo a flertar com o panteísmo naturalista de Espinosa, sabemos do fascínio diante da tese da linguagem e da consciência de Locke. Ao pôr na boca de Jacques a noção de uma "palavra sem ideia", seguida dos deslizamentos significantes e semânticos que destacamos, Diderot parece trazer à baila esse combate de fundo no Século das Luzes, nos dois lados do Canal da Macha. Mas o traz a seu modo específico.

Como destaca Starobinski (2012) falando do *Jacques le fataliste*, há um Diderot que, intrigado com a obrigação científica da *demonstração,* tenta testar os limites dessa obrigação. O Diderot pseudocientista do *Rêve de D'Alembert* [*Os sonho de* D'Alembert] e da *Entretien entre D'Alembert et Diderot* [*Conversa entre D'Alembert e Diderot*][11] está interessado na narrativa subdita ao saber científico, aquela que desemboca na demonstração do cientista a partir da materialidade, do experimento, do laboratório. Tal Diderot materialista e cientificista – aliás, como todos os Diderots de que se tem notícia... – tende a explorar os limites não-admitidos dessa concatenação narrativa cien-

11 Confira Diderot (2002, 1875).

tífica que se baseia na causalidade, ou seja, no par causa-efeito. Sendo um "filho" iluminista do empirismo de Locke, no pensamento de Diderot, segundo Starobinski, "a questão da demonstração foi um problema irritante" (STAROBINSKI, 2012, p. 277). Irritante já que seus limites tinham de se mostrar. E tais limites tinham a ver com a interface da experiência científica (do método e do experimento de laboratório) com o fenômeno estudado, ou seja, com a concretude da contingência, por assim dizer.[12]

> A questão da demonstração obriga o filósofo a examinar até onde o pensamento pode ir pelas suas próprias forças, e depois a considerar o que o obriga a não se fechar em si mesmo, a não se ater apenas à interioridade intelectual. Depois, a recorrer à experiência (STAROBINSKI, 2012, p. 277).[13]

Eis que as cenas (dir-se-ia teatrais[14]) em que a concretude da contingência e do acaso irrompem – o que, como se sabe, ocorre a todo momento, interrompendo falas ou açoes de personagens ou mesmo do narrador – caem muitas vezes de um nível especulativo e polêmico para o nível do desejo de uma demonstração cabal. Como o próprio Starobinski lembra, há no romance uma ligação estrutural entre o episódio inicial da queda da moça na garupa do médico,

---

12 A questão terá uma espécie de virada epistemológica em fins do século XIX, no Ocidente, quando surgirá o problema crucial da interferência do observador e de seu método no objeto observado (cientificamente).

13 "La question de la démonstration oblige le philosophe à examiner jusqu'où la pensée peut aller par ses seules forces, puis à considérer ce qui l'oblige à ne pas s'enfermer en lui-même, à ne pas s'en tenir à la seule interiorité intellectuelle. Puis à faire appel à l'expérience". Trad. nossa.

14 Vários são os autores que aproximam as cenas de *Jacques le fataliste* de cenas teatrais, incluindo o pendor para os diálogos entre os personagens, típico do tablado. Cito apenas dois: Cohen (1976) e Rousseau (1997).

que prende o pé no estribo e fica de ponta-cabeça, mostrando seus joelhos – cuja complexidade singular no corpo humano era tema da conversa prévia de Jacques e do patrão – e a queda do amo premeditada por Jacques, para que, ao fim do livro, o serviçal demonstre que raramente agimos por nossa própria vontade. Tal modelo, pelo qual fatos banais-contingentes não apenas ilustram, mas demonstram (pseudocientificismo) ideias debatidas minutos antes, se repetirá várias vezes ao longo da narrativa. E servem como passagem rápida (dir-se-ia vertiginosa) entre diferentes níveis, do abstrato-universalizante ao concreto-particular.[15]

As interrupções seguidas (também elas velocíssimas), as várias mudanças de nível narrativo, de narradores, de contadores de histórias (às vezes autoparodiandose, como quando Jacques conta a fábula de Gaine e de Coutelet, historieta hipersimplória e curtíssima sobre a traição), indicam a quebra da almejada linearidade e concatenação racional-teleológica requeridas como condição da racionalidade demonstrativa (filosófica ou científica) na modernidade. Por outro lado, como se sabe, objetos, atitudes ou ideias obsessiva ou mesmo maniacamente repetidas, ligadas à construção identitária mínima de cada personagem (os exemplos centrais sendo a caixa de rapé e o ato de olhar as horas, no caso do amo, bem como o cantil e a famosa

15 A dimensão parodística é tão importante no *Jacques le fataliste* que há paródia até mesmo dos procedimentos formais do próprio romance. É o caso, a nosso ver, das interrupções irritantes – e sem nenhuma justificativa no plano do desenrolar da narrativa – que sofre a estalajadeira anfitriã (*hôtesse*) quando está prestes a narrar a famosa história de Mme de La Pommeraye. São criados, seu marido, hóspedes que se sucedem a cada frase, até que ela desça e resolva as várias pendências, para poder retornar e engatar a história. O autor parece chamar atenção para seu procedimento, mesmo sem nenhuma justificativa semântica, teleológica, progressiva ou mesmo estrutural para tanto. A falta de justificativa é que nos remete ao desejo de mostrar o procedimento apenas formal.

ideia do "está escrito lá no alto", no de Jacques), fazem um contraponto à abissal e, por isso, temerosa contingência. Se tais elementos são claramente a antítese da ideia diderotiana e que perpassa o *Jacques le fataliste* da mutabilidade do eu (em exemplo entre muitos: "Posso não ser eu? E, sendo eu, posso fazer diferente do que eu faria? Posso ser eu e um outro?" ["Puis-je n'être pas moi? Et étant moi, puis-je faire autrement que moi? Puis-je être moi et un autre?"], diz Jacques; trata-se de tema central no *Paradoxe sur le comédien* e surge no centro do *Neveu de Rameau* [*Sobrinho de Rameau*][16], como se sabe: "Nada difere mais dele do que ele mesmo" ["Rien ne dissemble plus de lui que lui-même"] (DIDEROT, 1972, p. 7), diz o narrador do *Neveu*, antes de descrever sua mutabilidade plena e febril), a nosso ver servem também a outro nível de reflexão, de que trataremos a seguir. Ou ainda: será que a própria contraposição dessas duas posturas antitéticas – as concepções do eu como hiperdinâmico ou mesmo vazio e as marcas exageradas de identidade, resumidas a pequenos atos obsessivos (a caixa de rapé do amo, o cantil de Jacques), não torna bastante nítida uma estratégia profundamente dialógica[17] e antitética de contraposição de concepções com vistas a ampliar a percepção sobre a subjetividade individual?

---

16 Confira DIDEROT (1972).

17 Utilizamos o termo dialógico aqui no sentido corrente relativo a diálogo. Mas reconhecemos que o uso feito por H. Cohen, segundo o qual é valorizada a ideia de duplicidade ou dualismo, pode ser usada no presente caso: trata-se de ver como nesse romance é esteticamente fértil a contraposição entre uma concepção do eu como mutante e/ou vazio e uma outra segundo a qual ele é marcado por manias repetitivas banais. Apesar disso, no caso de Diderot cremos que esse procedimento pode ser flagrado entre obras diversas, basta lembrar das concepções antagônicas de concepção do sujeito entre o *Paradoxe sur le comédien* e o *Éloge de Richardson*. Confira COHEN (1976).

Por ora, lembremos do trecho destacado por Starobinski (2012, p. 311) ao tratar de tais atos repetitivos ou ideias fixas, e que reúne, parodicamente, uma concepção do sujeito e os elementos da narrativa científica: "Qualquer que seja a soma dos elementos que me compõem, sou um; mas uma única causa tem apenas um efeito; sempre fui uma causa única, só tive um efeito para produzir; minha duração é, portanto, apenas uma série de efeitos necessários".[18] É nítido que se trata de pensar o sujeito e sua identidade (sua *condition*, criada a partir da experiência e das afecções que o atingem) no movimento de seu devir – porém, sem destinação (teleologia). Starobinski o percebe: "Em um mundo em perpétua mutação, a organização introduz, ao nível do indivíduo, um princípio provisório de constância e repetição" (STAROBINSKI, 2012, p. 311).

Eis aí introduzido o outro nível de reflexão que queremos propor para os atos ou ideias repetitivas (as monomanias): trata-se de uma nova concepção do sujeito sem nenhum finalismo (teleologia) maior a guiá-lo e chamá-lo a partir de um horizonte abstrato. Sabe-se que tanto *Jacques le fataliste* quanto o espinosismo com que, em algum grau, o romance se sintoniza, são verdadeiras armas contra o finalismo. No caso do romance, trata-se de notar como a ideia de causas escondidas e, portanto, inacessíveis (inscritas no "pergaminho lá no céu"), determinando as ações humanas e deixando quase nenhum espaço para a liberdade levam o indivíduo a ter uma santa (mas também banal e resignada) coragem de ação e de enfrentamento da contingência, clara em Jacques, posto que tudo o que possa fazer estará de acordo com o tal escrito a que ninguém tem acesso, mas que garante não um destino ou teleologia, mas a inexorabilidade

18 "Quelle que soit la somme des éléments dont je suis composé, je suis un; or une cause une n'a qu'un effet; j'ai toujours été une cause une, je n'ai jamais eu qu'un effet à produire; ma durée n'est donc qu'une suite d'effets nécessaires". Trad. nossa.

de tudo o que advém (a nosso ver, no mesmo sentido do *amor fati* nietszcheano).[19]

Por outro lado, tal doutrina mínima e fixa, que faz lembrar um puro e simples dito popular – dito este que Diderot usa como alegoria de dupla face, já que pode ser visto como figuração da pura e simples crendice religiosa popular (no Brasil, frases do tipo: "Deus sabe o que faz") e, portanto, a um só tempo acolhe a astúcia do personagem *originel* [original], do povo, e mostra os limites de tal crendice, que obviamente era hegemônica numa França absolutista, sem parecer estar criticando-a frontalmente. Nesse sentido é um ótimo exemplo de como as imbricações parodísticas no romance potencializam as várias leituras possíveis.

São conhecidos o amoralismo e (como já citamos) o antifinalismo de Espinosa: ao conceber um Deus-Natureza imanente, cujas causas invisíveis e inacessíveis comandam, para além de qualquer liberdade ou livre-arbítrio, as ações humanas – as quais, diga-se, também são determinadas (ou sobredeterminadas?) por afecções vindas de fora e uma persistência interessada em si mesmo, de dentro –, o filósofo fez sumir o tacão do Juízo Final, dispersando as consequências das ações na contingência de causas que se encadeiam. O gosto de Diderot pelo materialismo e pelo determinismo naturalista e científico obviamente se sintonizou com a leitura da obra de Espinosa,

19 Starobinski destaca um sentido possível a se desdobrar a partir da "filosofia de algibeira" do "pergaminho escrito nos céus": pensando assim, pode-se ver na ação humana algo que se define no próprio momento em que ocorre. Ou seja, ao agir afirmativamente e com a confiança que o tal pergaminho lhe dá, o homem estará na verdade traçando, por assim dizer, em tempo real, aquelas linhas que supôs já estarem escritas com antecedência... E elas de fato estarão traçadas, inexoravelmente, no instante seguinte à ação. Embora Starobinski não o cite, parece-nos possível aproximar tal ideia do conceito de "só depois", de Lacan. Confira STAROBINSKI (2012).

leitura proibida na França católica dos séculos XVII e XVIII, embora muito praticada em segredo. P. Vernière e, mais recentemente, J. I. Israel mostraram como a obra de Espinosa foi lida, nem sempre com fidelidade a seus conceitos, pelos próceres do Século das Luzes europeu.[20]

Em momento de quebra da tradição religiosa, por um lado, e do classicismo greco-romano, por outro, um romance como *Jacques le fataliste* parece recusar, ao fim e ao cabo, como vimos, até mesmo a "terceira via" que a modernidade propõe e defende, qual seja, a narrativa demonstrativa científica. Porém, em meio à ruína das teleologias antigas e da nova, o que sobra? Como manter uma narrativa sem tais balizas a abarcarem, com sua capacidade de estruturação, o fenômeno humano?

Pensemos que nesses hábitos repetitivos (monomaníacos) dos personagens se cruzam as ideias de necessidade (como em Espinosa, sendo a prova de que uma constituição intrínseca garante que uma identidade se forme e persevere em sua permanência em meio à influência descentralizante das afecções) e de costume (Locke vê nele um inimigo das ideias simples, a difundir ideias complexas e a distanciá-las ainda mais de sua base material-empírica). Trata-se, portanto, de figurar na constituição da identidade dos personagens do romance algum grau de permanência típica, simples, basal (corporal, ligada a hábitos corporais ou mentais banais, mesmo idiossincráticos) que serve para organizar o eu e sua possibilidade de ação, a partir não de ideias universais (inatas e ligadas a Deus, como em Descartes, ou obtidas por meio da experiência, como em Locke) ou transcendentais

20 Confira Vernière (1982) e Israel (2001, 2005). Seguimos a prudência de Vernière – aparentemente abandonada por Israel – diante da tentação de taxar Diderot de espinosista: trata-se de um *"rhéteur apte à faire miroiter toutes les thèses"* (VERNIÈRE, 1982, p.555), ainda mais quando se transforma no romancista de *Jacques le fataliste*.

(a proposta de Kant, cerca de dez anos depois de *Jacques le fataliste*), mas a partir do baixo e do corporal, ou seja, do nível contingente mais imanentemente pensado.

Nesse nível, se, como diz Starobinski, a caixa de rapé e o relógio do amo, aos quais ele está ligado repetida e obsessivamente, indicam sua chã previsibilidade, a verdade é que qualquer repetição, e as de Jacques certamente, são banais e idiossincráticas, a única hierarquização possível sendo a separação das ideadas (abstratas), como a ideia do pergaminho no céu, e as corporais, como as duas citadas do amo. A relação de Jacques com seu cantil, objeto que ele crê lhe indicar o futuro, surge como uma monomania intermediária, a um só tempo corporal e geradora de sentido abstrato. Ela mostra que (como em Espinosa, um anticartesiano, nesse quesito) corpo e abstração são completamente inseparáveis: monomanias, como atos corporais repetitivos, têm consequência no nível do pensamento, e vice-versa.

Se assim é, por que não pensar tais monomanias como uma espécie de figura ainda precária tanto da sobredeterminação (que, como se sabe, em Freud está ligada ao conceito fundamental de repetição) quanto da imbricação, ela também inextricável, para a modernidade, entre corpo, desejo e ideação (pensamento, vontade)? Nessa segunda vertente, se o desejo, para a modernidade, só pode ser concebido como estando ancorado, em algum grau, no corpo, a vida pública só terá acesso a ele por meio de um conceito que, na psicanálise, preenche a função mediadora entre o impulso desejante singularíssimo e a negociação possível com o entorno, onde outros corpos, outros desejos e as instituições em geral se apresentam sempre imanentemente configuradas. Trata-se do conceito de sintoma – ou seja, o modo como o indivíduo amarra, organiza, dá um nó em seu próprio desejo de modo a negociar com seu entorno que (e agora podemos utilizar o mesmo conceito) é todo balizado sintomaticamente, ou seja, em constituições duras criadas a partir de outros e divergentes pontos de desejo.[21]

Como no caso do conceito de *conatus*, em Espinosa, que inclui tanto a ancoragem corporal quanto o impulso desejante ainda inconsistente, posto que voltado ao devir, trata-se de perceber como tais tiques idiossincráticos nascem do impulso para a ação, sendo sintomas mínimos, peculiares, singulares que, vistos a partir de fora, não se justificam em sua idiossincrasia, mas que organizam o ponto mínimo típico (ou tipológico) a partir do qual o indivíduo desejante agirá no mundo. O conceito de sintoma serve-nos aqui para descrever a solidificação momentânea, que o sujeito conseguiu fazer, de seu desejo inconsistente, de modo a possuir um chão mínimo de onde se comunicar com os outros sintomas. Se damos um passo adiante e incorporamos a esse conceito freudiano o conceito de *ritornello*, de G. Deleuze e F. Guattari, poderemos positivar ainda mais tais repetições como constitutivas da auto-organização subjetiva construída pelo sujeito para poder agir (estética e, portanto, criativamente) a partir de seu desejo e, assim, negociar com seu entorno, que não necessariamente quer acolher tal ação.

No caso da "filosofia de algibeira" de Jacques, cremos que se pode definir como um *ritornello* que toma emprestado sua constituição de uma fórmula culturalmente consagrada por religiões e filosofias: a da doutrina – no caso, uma doutrina sintomatizada, ou seja, idiossincraticamente mínima, "de algibeira" ou "pau p'ra toda obra",

21 O conceito de *ritornello*, em Gilles Deleuze e Félix Guattari (1997), indica um modo positivado de tratamento da questão da repetição desejante: trata-se de repetição (entendida em seu nível estéticoexistencial, e não na vertente negativista do trauma) em torno da qual o sujeito organiza a dinâmica entre seu desejo e as instâncias consagradas a seu redor. Nesse sentido, participa de algum modo da dinâmica sintomática (no sentido freudiano).

como dissemos, que, ela mesma, fora herança de seu *capitain* (seu mestre, no sentido da relação mestre-discípulo da transmissão filosófica). Obviamente, na linha do conceito de *ritornello*, Jacques toma tal bloco repetitivo para seus próprios fins auto-organizativos de sua própria ação no mundo. Ora, se assim se pode pensar, trata-se de, no sentido contrário, ver a religião, mas também a filosofia como instituição-sintoma da cultura à época, chão, territorialidade mínima que pode servir como bússola apropriada por um indivíduo desejante.

A doutrina mínima de Jacques expõe o ridículo da limitação de toda e qualquer doutrina, da cristã às filosóficas. Nesse sentido, a sátira, composta de paródias cruzadas em quiasma e em alta velocidade, como se dá no *Jacques le fataliste*, não seria o local apropriado tanto para ridicularizar o sério quanto para se pensar seriamente o que está sendo ridicularizado? Não seria o conto e o romance filosófico o gênero ideal para isso: tratar do sério no corredor de espelhos da sátira de modo a revelar lados inéditos daquele sério, e não apenas destruílo pelo riso? Não poderíamos, portanto, ver na doutrina mínima satírica de Jacques a um só tempo crítica a qualquer doutrina, mas também acolhimento da doutrina (inclusive a filosófica) como possibilidade de constituição em *ritornello* de modo a organizar a subjetividade (mínima) do sujeito (assim como o *hobbyhorse*, no *Tristram Shandy*, seria um sintoma mínimo a organizar a subjetividade dos sujeitos shandianos...).

Desse modo, não estaria um romance não-linear, vazado de paródias cruzadas, mais apto a lidar com essa dupla face do elogio-crítica, ou encômio-vitupério, acolhimento-ataque do que um conto como *Candide*, de Voltaire (1996), cuja linearidade narrativa e sistematicidade semântica se aproxima muito mais do modelo da antítese que se contrapõe à tese, guardando, portanto, uma maior proximidade com uma espécie de panfleto anti-Leibniz? Não estaria *Jacques le fataliste et son maître*, com suas inovações formais (possíveis, certamente, por conta do desbravamento do *Tristram Shandy*, mas que dele se distancia por conta do que tentamos destacar neste ensaio), mais habilitado a incorporar a filosofia tanto positivamente (a leitura séria do espinosismo como filosofia antifilosófica, já que clandestina, aflorando do texto) quanto negativamente (a crítica à própria ideia de doutrinação sistemática)? Lembre-se que o amo considera Jacques um *philosophe*, em passagens que em geral servem para atacar os polemistas *antiphilosophes*, como Palissot.

Nesse sentido, não se poderia ler o título – que guarda distância do texto, como paratexto... – alternativamente, o *maître* sendo tanto o amo quanto o *capitain*, mestre filósofo? A passagem em que o amo quer fazer uma espécie de elogio póstumo ao *capitain* de Jacques indica essa possibilidade de leitura. O trecho não reproduz a fala do amo – é uma interpolação de passagem de autoria desconhecida (outro exemplo de polifonia, dessa vez sem referência à voz original), entre o elegante e o patético: "Lembre-se, até exagere o que ele era; sua penetração na sondagem das matérias mais profundas; sua sutileza ao discutir as mais delicadas; seu denso sentido de gosto [*goût*] que o prendia às mais importantes; a fecundidade que ele lançava sobre as mais estéreis"[22] (DIDEROT, 1973, p. 85). Eis a imagem de um *maître à penser*, um mestre-filósofo, visto por seu discípulo. A continuação faz pensar na ideia – que perpassa todo o romance – da busca de uma doutrina mínima, no caso, com ares espinosistas (*minima moralia*, no sentido de prescrição mínima de conduta): "Submetamo-nos à ordem universal quando perdermos nossos amigos, assim como nos submeteremos a ela quando lhe agradar dispor de nós; aceitemos sem desespero o fim da bem-aventurança, que os condenou, como

22 "Rappelez-vous, exagérez-vous même ce qu'il était; sa pénétration à sonder les matières les plus profondes; sa subtilité à discuter les plus délicates; son goût solide qui l'attachait aux plus importantes; la fécondité qu'il jétait dans les plus stériles". Trad. nossa.

aceitaremos sem resistência quando ela se pronunciar contra nós"[23] (DIDEROT, 1973, p. 85).

Jacques logo achincalha com o amo pela escolha do trecho: trata-se da queda, imediata, vertiginosa, do patético no satírico. Em ensaio sobre *Le Neveu de Rameau*, Starobinski destacou os dois polos do entendimento da sátira como gênero em autores como Boileau e Batteaux, que pontificavam na época em que Diderot estava em atividade: "La colère est le mouvement que provoque la dénonciation du vice; le rire est lié à l'apparition du ridicule" (STAROBINSKI, 2012, p. 176). Em raro momento de proeminência do amo em relação a Jacques, este revela a estratégia brilhante (e artístico-genérica) para consolar o criado diante da morte de seu *captain*. Ao ler a passagem patética, que parecia propor um consolo de nível identificatório e sentimental, ele queria, na verdade, trocar um objeto (estético?), que incentivaria o choro – "Que vous eussiez pleuré bien davantage, et que j'aurais achevé de vous désoler" (DIDEROT, 1973, p. 86), pela sátira da oração fúnebre, que criou um distanciamento e levou Jacques a estranhar e reclamar da escolha do amo – "Je vous ai donné le change, [...] par le ridicule de mon oraison funèbre" (DIDEROT, 1973, p. 86).

Tal cena parece simétrica a outra, do final do romance, em que Jacques salva o amo de um tombo do cavalo que ele mesmo planejara, ao soltar as correias que seguravam o estribo. Diante do agradecimento do patrão, Jacques responde com uma insolência, e aquele passa a correr em círculos, com raiva súbita, tentando alcançar o criado. Jacques então conta que fizera aquilo para provar ao amo que ninguém age por vontade própria, mas motivado ou induzido

---

23 "Soumettons-nous à l'ordre universel lorsque nous perdons nos amis, comme nous nous y soumettrons lorsqu'il lui plaira de disposer de nous; acceptons l'arrêt du sort qui les condamne, sans désespoir, comme nous l'accepterons sans résistance lorsqu'il se prononcera contre nous".

por causas externas que ignora (para usar um raciocínio típico de Espinosa). Tanto no caso do amo, que escolhe o gênero satírico para impedir a identificação imediata do criado, quanto no de Jacques, que quer demonstrar (pseudocientificamente, ou seja, por meio de ações, e não apenas em teoria) uma tese ética doutrinária, trata-se de quebrar ou interromper o fluxo abstrato ou sentimental com o banal e contingente, o concreto, de modo a dinamizar o sujeito para que ele não seja capturado por certas lógicas lineares consagradas na cultura (no caso, a filosófica universalizante e a mimético moralizante).

Se lembramos que Diderot foi também um teórico do novo patético mimético (por exemplo, em suas teses sobre o teatro e no *Éloge à Richardson*[24]), e mesmo um praticante do gênero (no teatro, em seu *Le fils naturel*[25] e, no romance, com *La religieuse*[26], embora o retumbante fracasso com a peça tenha lhe ensinado muito sobre os limites de sua "*comédie sérieuse*" ou "*bourgeoise*"), podemos imaginar que até mesmo em sua obra uma dinâmica dialógica se dá que lhe permitiu transitar entre doutrinas ou teses, testando os limites que elas impõe, necessariamente. Como o amo de Jacques, Diderot pareceu ter chegado à extrema mestria de poder optar pelo sério ou pelo satírico, caso quisesse imantar o leitor e/ou o espectador com um novo tipo de identificação democrática por meio do sentimento e das igualitárias *conditions*, ou então, ao contrário, precisasse despertar o leitor e/ou o espectador de toda e qualquer identificação, levando-o a rir da cena ou da narrativa, de modo a não se deixar levar exageradamente pelos efeitos identitários, sem ter acesso às causas e a seu desejo singular e intransferível, que o levará a agir segundo seu

---

24 Confira DIDEROT (1846).

25 Confira DIDEROT (1965).

26 Confira DIDEROT (1925).

próprio interesse – para falar, mais uma vez, nos termos de Espinosa, esse espectro que ronda *Jacques le fataliste et son maître*.

Bibliografia

BARROS, A. L. Como narrar o banal: *Jacques le fataliste* sem destino e sem Juízo Final. **Discurso**, São Paulo, v.45, n.1, p. 133-151, 2015.

COHEN, H. *La figure dialogique dans "Jacques le fataliste"*. Oxford: The Voltaire Foundation, 1976.

COSTA LIMA, L. *O controle do imaginário. Razão e imaginário no Ocidente*. São Paulo: Ed. Brasiliense, 1984.

DELEUZE, G.; GUATTARI, F. *Mil Platôs*. Capitalismo e esquizofrenia. Tradução de Suely Rolnik. São Paulo: Ed.34, 1997. v.4.

DIDEROT, D. *Les bijoux indiscrets*. Notice et notes par J. Assézat. Paris: La Bourdonnaye, 2016.

______. *Paradoxe sur le comédien*. Paris: Les Belles lettres-Archimbaud, 2012.

______. *Le rêve de d'Alembert*. Paris: Flammarion, 2002.

______. *Jacques le fataliste et son maître*. Paris: Gallimard, 1973.

______. *Le neveu de Rameau*. Introductions et commentaires de Roland Desné; préfaces de Jean Varloot et Maurice Roelens. Paris: Éditions Sociales, 1972.

______. *Le Fils naturel*. Bordeaux: Société bordelaise pour la diffusion des travaux de lettres et sciences humaines, 1965.

______. *La religieuse*. Paris: A. Lemerre, 1925.

______. *Entretien entre D'Alembert et Diderot*. Paris: Garnier frères, 1875.

______. Éloge à Richardson. In: RICHARDSON. *Clarisse Harlowe*. Paris: Roulé, 1846. Disponível: <http://gallica.bnf.fr/ark:/12148/bpt6k411495j>. Accesso: 23 nov. 2016.

ISRAEL, J. I. *Les Lumières radicales: La philosophie, Spinoza et la naissance de la modernité (1650-1750)*. Paris: Éditions Amsterdam, 2005.

______. *Radical Enlightment. Philosophy and the making of modernity* 16501750. Oxford: Oxford University Press, 2001.

LOCKE, J. Essay concerning the human understanding. Disponível em: https://www.dca.fee.unicamp.br/~gudwin/ftp/ia005/humanund.pdf. Accesso in: 16 fev. 2016.

ROUSSEAU, N. *Diderot. L'écriture romanesque à l'épreuve du sensible*. Paris: Honoré Champion, 1997.

STAROBINSKI, J. *Diderot, un diable de ramage*. Paris: Gallimard, 2012.

STERNE, L. *A vida e as opiniões do Cavalheiro Tristram Shandy*. Rio de Janeiro: Nova Fronteira, 1984.

VERNIÈRE, P. *Le spinozisme et la pensée française avant la Révolution*. Paris, PUF, 1982.

VOLTAIRE. *Candide ou l'optimisme*. Édition présentée, annotée et commentee par Jean Goldzink. Paris: Larousse, 1996.

Diderot e a questão moral, entre costumes, política e arte

Como se sabe, por mais multifacetada que tenha sido a obra de Diderot, a espinhosa questão da moral humana inescapavelmente tangencia a de um materialismo ligado ao movimento concreto das forças corporais, individuais, coletivas e, Espinoza apontaria, afetivas.[1] Poderíamos começar a analisar tal concepção complexa do problema pela via de um materialismo propriamente *fatalista*, para usar um termo da época que, hoje, seria traduzido por *determinista*. Como se trata de obra plural, comecemos a tratar da questão da moral pela via de uma concepção da realidade (ou da natureza, para usar termo comum à época do filósofo), essa mesma que será objeto da mimese artística. Jean Starobinski já destacou que o pensamento de Diderot trabalha estruturando-se a partir da busca de origens (gêneses).[2] Acrescentemos que tal descrição da origem deve ser, a um só tempo, lógico-racional e verossímil. Essas duas últimas palavras surgem, aqui,

1 É importante ressaltar, logo de saída, a incorporação que Diderot faz de certo espinozismo até mesmo ao nível da relação do filósofo com a atividade de pensar.

2 STAROBINSKI, *Diderot, un diable de ramage* (Paris: Gallimard, 2012), p. 277-301.

para destacar (provocativamente) o grau de idealização que, como lembra Starobinski, foi típico da época. "Diderot souhaite que l'énoncé de l'hypothèse génétique *reproduise* les enchaînements réels tels qu'ils se sont *produits*. C'est là, nous les savons bien, l'utopie philosophique du siècle des Lumières".[3] Notemos, porém, que a própria citação escolhida por Starobinski indica que em Diderot a questão é mais complexa do que parece: será que ele se deixou iludir mesmo pela visão das Luzes? Na nota, o crítico suíço transcreve parte do verbete "Encyclopédie", escrito por Diderot:

> Seria necessário indicar a origem de uma arte e acompanhar passo a passo seu progresso quando este não é ignorado, ou então substituir a conjuntura e a história hipotética pela história real. Podemos assegurar que aqui o romance seria muitas vezes mais instrutivo do que a verdade.[4]

Perceba-se a extrema contradição (irônica? provocativa?) na passagem para a frase final da citação. Faz pensar no modo como Diderot se esforça para conceber os próprios limites entre os pensamentos filosófico-científico e artístico, ou seja, o ponto indistinguível entre esses dois domínios. Fica claro que o estabelecimento da verdade depende, primeiro, da assunção de hipóteses verossímeis, antes que possam ser substituídas pelo que realmente aconteceu, quando é possível chegar a tal. Essa postura geral de Diderot nos parece tornar

---

3 STAROBINSKI, *idem*, p. 257. "Diderot deseja que o enunciado da hipótese gnética produza encadeamentos reais tal como de fato se produzem. Eis aí, sabemos bem, a utopia filosófica do século das Luzes".

4 STAROBINSKI, *idem*, *ibidem*. "Il faudrait indiquer l'origine d'un art, et en suivre pied à pied les progrès quand ils ne seraient pas ignorés, ou substituer la conjecture et l'histoire hypothétique à l'histoire réelle. On peut assurer qu'ici le roman serait souvent plus instructif que la vérité". Trad. nossa.

imperativo a qualquer um que tente entender seu pensamento sobre arte e moral humanas, compreender minimamente seu materialismo vitalista, explicitado, por exemplo, no famoso *Le rêve de D'Alembert* [*O sonho de D'Alemert*] (1769).

1. Moléculas de vida: a subjetividade e a sensibilidade humanas emanam do mundo microscópico

O início de *O sonho de D'Alembert* é um notável exemplo do modo próprio ao filósofo de figurar tanto a gênese da dita realidade (essa à qual só se chega por meio dos romances...), quanto do próprio pensamento filosófico e científico sobre ela. Ao explicar ao recém-chegado médico Bordeu o bizarro estado de D'Alembert, a Mademoiselle de Lespinasse dessa ficção prenhe de filosofia diz: "aquilo tinha toda a aparência de delírio. Era, ao começar, um galimatias [*confusão*] de cordas vibrantes e fibras sensíveis".[5] Para qualquer um que conhece o texto, tal início reverbera a base da teoria da realidade que ali será exposta: tais cordas e fibras seriam a rede a sustentar os estados materiais do real. "Um ponto vivo [...]. Nada a princípio, depois um ponto vivo... A este ponto vivo é aplicado outro, depois outro; e por semelhantes aplicações sucessivas resulta um ser uno [...]. Mas como se terá feito essa unidade?"[6]

5 DIDEROT. *Os pensadores*. São Paulo, Editora Abril, 1979, p. 21. Trad. Marilena Chauí; Jacó Guinsburg.
DIDEROT , *Le rêve de D'Alembert*. Paris: Flammarion, 2002, p. 81. "...cela avait tout l'air du délire. C'était, en commençant, un galimatias de cordes vibrantes et de fibres sensibles".

6 DIDEROT. 1979, p. 21-22. DIDEROT, 2022, p. 82. "Un point vivant [...]. Rien d'abord, puis un point vivant... A ce point vivant il s'en applique un autre, encore un autre; et par ces applications successives il résulte un être un [...]. Mais comment cette unité s'est-elle faite?" Tradução nossa.

Logo em seguida, depois de evocar a metáfora da gota de mercúrio que se funde com outra gota de mercúrio (e antes de propor a segunda metáfora a figurar partículas que se mesclam para formar uma unidade, a do enxame de abelhas), ele ainda reforça: "É certo que o contato de duas moléculas vivas é uma coisa completamente diferente do que a contiguidade de duas massas inertes".[7] Nota-se a ênfase crucial na qualidade das moléculas de estarem vivas, ou seja, animadas, afetadas. Na verdade, cremos ver aí a base do materialismo que, no caso de Diderot, é também determinista. Tal famoso determinismo do filósofo de Langres é vitalista e, no limite, impossível de ser apreendido em todas as suas partículas constitutivas, contíguas, afetando umas às outras, já que elas pertencem a uma dimensão imperceptível pelos órgãos humanos. Pertencem a dimensão só alcançável por meio de hipóteses racionais e de pesquisa filosófica e científica (ou do microscópio). Essa percepção tem que incluir também a ideia de que não há repouso possível no fervilhar das unidades do real, pois, como vimos desde o começo da enunciação da hipótese, tudo o que existe é atravessado por energias vitais.[8]

---

7 DIDEROT. 1979. p. 23. DIDEROT, 2002, p. 84. "Il est certain que le contact de deux molécules vivantes est tout autre chose que la contiguïté de deux masses inertes."

8 Essa base do pensamento materialista de Diderot fica bastante nítida quando se analisa a *Lettre à Paul Landois* [Carta a Paul Landois], publicada na *Correspondance littéraire, philosophique et critique* em julho de 1756. Luís Manuel A. V. Bernardo lembra que tal resposta a Landois (1696-?), um obscuro colaborador da *Encyclopédie*, deve sua fama ao fato de ser o primeiro momento em que Diderot consegue estabelecer uma relação (filosófica) de continuidade entre o materialismo da natureza em geral e as ações morais humanas, o que constituía uma espécie de elo perdido do qual nem o cartesianismo, nem o empirismo inglês tinham dado conta. *O sonho de D'Alembert*, escrito treze anos depois, já desenvolve tal *insight* de modo mais gracioso e sequenciado. Só para se ter uma ideia do que se trata na *Lettre à Paul Landois*, citemos a passagem da *Lettre*: "Atentai com

Tal determinismo – de linhagem espinozista, é claro – faz chegar a hipótese de verdade até o nível humano, e vai além: trabalha para destruir as hipóteses abstratas, que o são exatamente porque, em algum momento, e em geral de forma insidiosa, tentam despregar o pensamento do filósofo dessa base hipotética (verossímil...) inicial, a qual constituiria a gênese não só dos acontecimentos ao nível infra-humano, molecular, mas também ao nível humano, ou seja, tanto cultural quanto subjetivo-individual – embora a ideia de indivíduo seja sempre problemática e, no limite, impossível num pensamento de fato determinista ("O que pretendeis pois dizer com vossos indivíduos? Não os há, absolutamente, não os há... Existe apenas um único e grande indivíduo, é o todo"[9]). O nível da consciência e das pretensas decisões humanas, só muito limitadamente livres[10], é

---

cuidado, e vereis que a palavra *liberdade* é uma palavra vazia de sentido; que não existem, nem podem existir seres livres; que só somos o que decorre da ordem geral, da organização, da educação e da cadeia dos acontecimentos. Eis o que dispõe de nós invencivelmente. Tão-pouco se concebe que um ser aja sem motivo, que um braço duma balança se mova sem a ação dum peso; e o motivo é-nos sempre exterior, estranho, determinado ou pela natureza ou por uma causa qualquer que não somos nós. O que nos engana é a prodigiosa variedade das nossas ações, junto ao hábito que adquirimos logo à nascença de confundir o voluntário e o livre. [...] Só há um tipo de causas propriamente dito: são as causas físicas. Só há um tipo de necessidade, a mesma para todos os seres, quer nos agrade estabelecer uma distinção entre eles quer esta ocorra realmente. Eis o que me reconcilia com o gênero humano". DIDEROT "Carta a Paul Landois" in: *Cultura. Revista de História e Teoria das Ideias,* vol. 34 (2015), Trad. BERNARDO, Luís Manuel A V acessado em 20/02/2020: https://journals.openedition.org/cultura/2475#ftn3

9 DIDEROT. *Os pensadores*, *op. cit.*, p. 38. DIDEROT, *Le rêve*, 2002, p.104. "Que voulez-vous donc dire avec vos individus? Il n'y en a point, non, il n'y en a point... Il n'y a qu'un seul grand individu, c'est le tout".

10 A análise que Starobinski faz da queda do cavalo que o amo de Jacques sofre é magistral para pensar os limites da vontade e do livre arbítrio in-

também resultado do choque de unidades vivas que começa no nível microscópico.

Mademoiselle de Lespinasse e D'Alembert chegam à ideia de um todo substancial e uno, no qual é impossível sequer conceber ideias tão fundantes de nossa racionalidade (e de nossa percepção do que seria a realidade) quanto as de indivíduo, de repouso e de extinção no tempo (e, portanto, a de temporalidade). São parágrafos em que Diderot chega a sugerir como hipótese de trabalho (ou seja, como romance, como verossimilhança...) tanto a evolução das espécies animais, quanto a entropia cosmológica. As duas ideias se apresentam nessas poucas linhas:

> Quem sabe se tudo não tende a reduzir-se a um grande sedimento inerte e imóvel? Quem sabe qual será a duração dessa inércia? Quem sabe que raça nova pode resultar de novo de um conglomerado tão grande de pontos sensíveis e vivos? Por que não um só animal? O que era o elefante na sua origem?[11]

O ponto importante dessa hipótese da evolução das espécies *avant la lettre* é a própria ideia de necessidade, tão central no determinismo de base materialista.

> BORDEU: Suponde uma longa série de gerações manetas, suponde esforços contínuos, e vereis os dois lados dessa

---

dividuais no pensamento determinista. O subtítulo do capítulo antecipa o conteúdo da análise: "Deuxième chute: démontrant qui nous agissons sans vouloir" (Starobinski, *Diderot*, p. 291 e seq.).

11 DIDEROT. 1979, p. 32. DIDEROT. 2002, p. 96. "Qui sait si tout ne tend pas à se réduire à un grand sédiment inerte et immobile? Qui sait quelle sera la durée de cette inertie? Qui sait quelle race nouvelle peut résulter derechef d'un amas aussi grand de points sensibles et vivants? Pourquoi pas un seul animal? Qu'était l'éléphant dans son origine?"

> pinça se estenderem, se estenderem cada vez mais, se cruzarem sobre as costas, voltarem para a frente, talvez se digitarem nas extremidades, e reconstituírem braços e mãos. A conformação original se altera ou se aperfeiçoa pela necessidade e pelas funções habituais. Andamos tão pouco, trabalhamos tão pouco e pensamos tanto, que não desespero que o homem acabe sendo apenas uma cabeça. [...] D'ALEMBERT: Sou portanto assim, porque foi preciso que eu fosse assim. Mudai o todo, vós me mudareis necessariamente; mas o todo muda sem cessar... O homem não é senão um efeito comum, o monstro apenas um efeito raro; ambos são igualmente naturais, igualmente necessários, e encontram-se igualmente na ordem universal e geral.[12]

Outro ponto que importa destacar para nossos intuitos é o da sensibilidade, palavra ligada, desde o início do texto, ao ânimo de vida das moléculas. Ela descreve o modo de estar do homem no mundo, como corpos que se ligam ao (que são afetados pelo e que afetam o) todo substancial, tocando-se e tocando tudo ao redor, mesmo que de forma imperceptível. A imagem metafórica (e, portanto, verossímil, poética) usada por Mademoiselle de Lespinasse é a da

12 DIDEROT. 1979, p. 37. DIDEROT. 2002, p. 103. "BORDEU – Supposez une longue suite de générations manchotes, supposez des efforts continus, et vous verrez les deux côtés de cette pincette s'étendre, s'étendre de plus en plus, se croiser sur le dos, revenir par devant, peut-être se digiter à leurs extrémités, et refaire des bras et des mains. La conformation originelle s'altère ou se perfectionne par la nécessité et les fonctions habituelles. Nous marchons si peu, nous travaillons si peu et nous pensons tant, que je ne désespère pas que l'homme ne finisse par n'être qu'une tête. [...] D'ALEMBERT – Je suis donc tel, parce qu'il a fallu que je fusse tel. Changez le tout, vous me changez nécessairement; mais le tout change sans cesse... L'homme n'est qu'un effet commun, le monstre qu'un effet rare; tous les deux également naturels, également nécessaires, également dans l'ordre universel et général...".

aranha com sua grande teia, que será aproximada por Bordeu da do enxame de abelhas, a qual, por sua vez, constitui uma unidade homogênea a partir de unidades sem vontade individual:

> SENHORITA DE l'ESPINASSE.: Onde estão os fios? Onde está colocada a aranha. BORDEU.: Os fios estão em toda parte; não há ponto à superfície de vosso corpo ao qual não cheguem; e a aranha está aninhada em uma parte de vossa cabeça que eu vos nomeei, as meninges, à qual não se poderia quase tocar sem entorpecer toda a máquina., SENHORITA DE l"ESPINASSE. : Mas se um átomo faz oscilar um dos fios da teia da aranha, ela recebe o alarma, ela se inquieta, ela foge ou acorre. No centro, é instruída de tudo o que se passa em qualquer ponto que seja do imenso apartamento que atapetou. Por que é que eu não sei o que se passa no meu, isto é, o mundo, já que sou um novelo de pontos sensíveis, já que tudo me preme e eu premo tudo? BORDEU.: É que as impressões se debilitam devido à distância de onde partem.[13]

Pouco antes, a ideia de fermentação explicara uma espécie de "milagre" materialista: a passagem da inação para a vida. Essa fermen-

---

13 DIDEROT, 1979, p. 40. *DIDEROT*, 2002, 107-108. "MLLE. DE LESPINASSE – Où sont les fils? où est placée l'araignée? BORDEU – Les fils sont partout; il n'y a pas un point à la surface de votre corps auquel ils n'aboutissent; et l'araignée est nichée dans une partie de votre tête que je vous ai nommée, les méninges, à laquelle on ne saurait presque toucher sans frapper de torpeur toute la machine. MLLE. DE L'ESPINASSE – Mais si un atome fait osciller un des fils de la toile de l'araignée, alors elle prend l'alarme, elle s'inquiète, elle fuit ou elle accourt. Au centre elle est instruite de tout ce qui se passe en quelque endroit que ce soit de l'appartement immense qu'elle a tapissé. Pourquoi est-ce que je ne sais pas ce qui se passe dans le mien, ou le monde, puisque je suis un peloton de points sensibles, que tout presse sur moi et que je presse sur tout? BORDEU – C'est que les impressions s'affaiblissent en raison de la distance d'où elles partent".

tação seria, com efeito, o nível mínimo, ou propriamente genético, da ação no nível da natureza e, por extensão, também no do homem. *En passant*, sem alarde, em rápidas pinceladas, apenas toca-se no problema da abstração que, durante séculos de cultura, contrapôs-se a esse tipo de substancialismo da natureza – a ideia de uma inteligência suprema que fosse desligada daquele fervilhamento (fermentação) microscópico da vida. Essa mínima, mas amplamente consequente ação teórica ou hipotética de desligar o fervilhamento microscópico das moléculas animadas das outras dimensões, inclusive a subjetiva e a cultural humanas, seria o "erro" de deístas como Rousseau:

> BORDEU. : Julgais, senhorita, que seja indiferente negar ou admitir uma inteligência suprema? SENHORITA DE l'ESPINASSE.: Não. BORDEU.: Julgais que se possa tomar posição sobre a inteligência suprema, sem saber o que se há de fazer com a matéria e suas propriedades, com a distinção das duas substâncias, com a natureza do homem e a produção dos animais?[14]

Starobinski lembra que esse de fato foi um ponto de discórdia filosófica fundamental com Rousseau, que se manteve deísta.

> Há, portanto, "ação da [molécula] fora dela, ação das outras moléculas sobre ela." Não sabemos quem precisamente Diderot buscava refutar neste texto polêmico, mas podemos, contudo, conjecturar que, ao escrevê-lo, ele visava Jean-Jacques Rousseau, que tinha sido seu amigo e com quem ele tinha se aborrecido em 1758. Pois Rousseau havia afirmado o exato contrário do que

14 DIDEROT, 1979, p. 34. DIDEROT, 2002 98-99. BORDEU: Croyez-vous, mademoiselle, qu'il soit indifférent de nier ou d'admettre une intelligence suprême? MLLE. DE L'ESPINASSE: Non. BORDEU Croyez-vous qu'on puisse prendre parti sur l'intelligence suprême, sans savoir à quoi s'en tenir sur l'éternité de la matière et ses propriétés, la distinction des deux substances, la nature de l'homme et la production des animaux?

> busca provar Diderot. [...] numa página de inspiração cartesiana da *Profession de foi du Vicaire Savoyard* (1762), Rousseau, partindo em guerra contra o materialismo dos "filósofos", havia tentado demonstrar a necessidade de um Deus criador".[15]

E Starobinski cita um trecho do genebrino:

> As primeiras causas do movimento não estão de modo algum na matéria; ela recebe o movimento e o comunica, mas não o produz. [...] Para resumir, todo movimento que não é produzido por um outro só pode vir de um ato espontâneo, voluntário.

Esse final faz pensar no otimismo com que Rousseau promoverá a ideia de vontade individual, em par com a coletiva, como um arbítrio individual soberano, e todos os desdobramentos que essa postura terá no Romantismo e na cultura europeia em geral. Se as ideias de Diderot tivessem prevalecido, um determinismo coletivista mais amplo e lúcido teria integrado o ambiente filosófico e cultural europeu de fins do século XVIII e ao longo do XIX.

2. Para além do racionalismo: a verdade tem parte com o irracional (romanesco, artístico)

Faz sentido ver nesse materialismo determinista de base o chão filosófico a orientar o modo como Diderot concebe a moral em geral e a arte como modo de pensar (por hipóteses e verossimilhanças) o homem e o cosmos. O deslocamento para o campo próprio da ficção, da verossimilhança, ou seja, do romance, em diálogo com as reflexões de Diderot sobre os outros campos artísticos, como o teatro, pode ajudar a melhor entender a questão dos desdobramentos da

15 STAROBINSKI. *Ação e reação*. Trad. Simone Perelson (Rio de Janeiro: Ed. Civilização Brasileira, 2002), p. 58.

"profissão de fé" neoepicurista do filósofo que, como se sabe, deve ser reconstituída a partir de uma pluralidade de textos que trazem apenas traços gerais de uma sistematização, sem concluí-la.

Como é notório, Diderot é um estrategista da escrita que, mesmo defendendo afirmativamente uma franca e livre divulgação das descobertas e mesmo do movimento de criação de hipóteses sobre a verdade, vale-se de escaramuças para lidar com as instituições do poder de sua época — principalmente depois de sua prisão próxima ao *donjon* do Castelo de Vincennes, em 1749. Um modo de enunciar tal posição, ambígua entre a luta aberta e a guerrilha esotérica (no sentido do tal jogo de esconder dos poderes vigentes a força de argumentos não canônicos), é lembrar de trecho do verbete "Polythéisme" [Politeísmo] da *Encyclopédie*, não assinado, mas, como lembra R. Mortier, certamente sintonizado com as ideias do filósofo:

> Os Filósofos, assim como os Legisladores, eram partidários deste princípio de que a verdade era inadequada para ser comunicada aos homens. Acreditava-se sem qualquer repugnância que era necessário enganá-los, ou pelo menos expô-los a coisas habilmente roubadas. Varrão [...] diz que há certas verdades que não convém divulgar de forma demasiado geral para o bem do Estado; e outras coisas que é útil fazer o povo acreditar mesmo que sejam falsas [...]. Seja qual for o sistema que abraçamos, o povo deve ser seduzido; e ele mesmo quer ser seduzido.[16]

16 MORTIER, 1969. *Clartés et ombres du siècle des lumières* (Genebra: Librairie Droz), p. 72. "Les Philosophes, aussi bien que les Législateurs, étoient dans ce principe, que la vérité étoit peu propre à être communiqué aux hommes. On croyoit sans aucune répugnance qu'il falloit les tromper, ou du moins leur exposer les choses adroitement volées. Varron [...] dit qu'il y a de certaines vérités qu'il n'est pas à-propos de faire connoître trop généralement pour le bien de l'état; et d'autres choses qu'il est utile de faire accroire au peuple quoiqu'elles soient fausses [...]. Quelque système

Na verdade, por mais intrépido que o líder dos enciclopedistas por vezes se apresentasse, ele fez parte da linhagem de um Fontenelle (1657-1757), o decano dos iluministas franceses, que, embora tenha passado para a história como um grande divulgador das descobertas da filosofia e da ciência, foi muitas vezes acusado por seus pares de certa covardia no modo como escondia verdades inconvenientes do grande público. Como defende Mortier, no entanto, tal modo de agir tinha a ver com uma certeza antropológica de que, por um lado, as ciências e conhecimentos se desenvolveriam de qualquer modo, mesmo sem o triunfo público dos *philosophes*, e, por outro, de que a maioria das pessoas nunca consegue, em nenhum tempo ou lugar, controlar suas próprias paixões (e, portanto, não está apta a ser informada sobre novas verdades). Além dessa crença de base, Fontenelle ainda partilhava com Diderot a ideia de que a reflexão sobre fenômenos humanos deveria incluir sua patente irracionalidade: "Fontenelle passou a considerar inadequada qualquer teoria que não desse o devido peso ao irracional e, portanto, também à nossa necessidade de ilusão, à nossa sede de imaginação".[17] Eis o campo da arte integrado a qualquer busca da verdade humana. No *Éloge de Saurin*, Fontenelle explica o gosto pelos romances como fraqueza inevitável do homem, fraqueza que deve ser levada em conta por qualquer filósofo que deseja tornar públicas verdades potencialmente assustadoras para o senso comum: "a juventude, infinitamente menos tocada pela verdade simples do que por um maravilhoso sempre apaixonado; a velhice, que se

---

qu'on embrasse, il faut que le peuple soit séduit; et il veut lui-même être séduit". Trad. nossa.

17 MORTIER. *idem*, p. 68. "Fontenelle en est venu à considérer comme inadéquate toute théorie qui ne ferait pas as juste part à l'irrationnel, donc aussi à notre besoin d'illusion, à notre soif d'imaginaire." Trad. nossa.

tornou menos sensível à verdade, muitas vezes duvidosa ou de pouca utilidade, precisa ser despertada pelo maravilhoso".[18]

Nota-se que, no campo estético, tão caro tanto a Fontenelle quanto a Diderot, a questão da afetação do espectador/leitor pela obra – que, em algum grau, replica, no nível do pacto entre obra e receptores, a afetação molecular das unidades vivas por outras unidades vivas, "microcausas" primeiras dos acontecimentos no mundo – toca em questões de postura moral, e da relação do indivíduo com faculdades periféricas e menos prestigiadas do que a razão, pelo menos na cultura ocidental. Estamos no campo de reflexões sobre a eficácia (estratégia política e educacional) e o impacto (estratégia patética e cultural) da composição de ilusões.

Na verdade, da teoria estética de Diderot faz parte a ideia de que o artista (ou o ator) deve acessar o nível das "beautés durables" belezas duradouras, aquelas que agradam universalmente e a qualquer época — serão essas as capazes de fazer o espectador/leitor experimentar verdades, no campo artístico, que se comparam às filosóficas. Elas são duráveis exatamente porque são extraídas da natureza concreta, fervilhante, fermentadora, aquela microscópica descrita n'*O sonho de D'Alembert*.

> Só existem belezas duradouras que se baseiam nas relações com os seres da natureza. Se imaginássemos seres em rápida vicissitude, qualquer pintura representando apenas um momento fugaz, toda imitação seria supérflua. As belezas têm o mesmo fundamento nas artes que as verdades na filosofia. O que é verdade?

---

18 MORTIER. *idem*, p. 69. "la jeunesse, infiniment moins touchée du simple vrai que d'un merveilleux toujours passionné; la vieillesse, qui devenue moins sensible au vrai, assez souvent douteux ou peu utile, a besoin d'être réveillée par le merveilleux". Trad. nossa.

> A conformação de nossos julgamentos com os seres. O que é imitação de beleza? A conformidade da imagem com a coisa.[19]

Para se ter ideia do que sejam as "beautés durables" é preciso ir ao *Paradoxo sobre o ator.* Ali, Diderot indica o modo como *la* Clairon, atriz respeitada da época, busca sua própria mimese da natureza (humana) como forma universalizante e atemporal a ser extraída daqueles microelementos que compõem a realidade (das paixões). A partir de agora, não serão mais as paixões de reis, rainhas, deuses ou deusas, mas das *conditions* (profissões e papéis sociais e institucionais) que fazem o espectador se identificar (se sensibilizar) com os personagens (fazem vibrar suas cordas da sensibilidade, aquela da teia da aranha de Mademoiselle de L'espinasse) por meio de uma ilusão muito mais minuciosamente construída e, portanto, muito mais eficaz e capaz de afetar as fibras ínfimas dos espectadores.

> Qual jogo é mais perfeito que o da Clarion? [...] Sem dúvida ela compôs um modelo ao qual primeiro procurou conformar-se; sem dúvida concebeu esse modelo o mais alto, o maior e o mais perfeito possível; mas este modelo que ela tomou emprestado da história, ou que sua imaginação criou como um grande fantasma, não é ela; se este modelo medisse sua altura, quão fraca e pequena seria sua atuação! Quando, através de muito trabalho, ela chegou o mais perto que pôde dessa ideia,

19 DIDEROT, 1995. "Entretiens sur le Fils Naturel", in: *Écrits sur le théâtre, 1. Le drame* (Paris: Pocket), p. 134-135. 'Il n'y a de beautés durables, que celles qui sont fondées sur des rapports avec les êtres de la nature. Si l'on imaginait les êtres dans une vicissitude rapide, toute peinture ne représentant qu'un instant qui fuit, toute imitation serait superflue. Les beautés ont dans les arts le même fondement que les vérités dans la philosophie. Qu'est-ce que la vérité? La conformation de nos jugements avec les êtres. Qu'est-ce que la beauté d'imitation? La conformité de l'image avec la chose'.

> estava tudo pronto; permanecer firme ali é uma pura questão de exercício e memória. Se você estivesse presente nos estudos dela, quantas vezes você lhe diria: *Você conseguiu!...* quantas vezes ela lhe responderia: *Você está errado!...* É como Quesnoy, cujo amigo agarrou seu braço, e gritou: *Pare! O melhor é inimigo do bom: você vai estragar tudo...* Você vê o que eu fiz, respondeu o artista ofegante ao admirado conhecedor; mas você não vê o que eu possuo aqui, nem o que procuro.[20]

3. A energia (ou entusiasmo) é apenas o impulso sub-reptício para alcançar formas universalizantes e resistentes ao tempo: Diderot e o classicismo

Note-se que a intensidade ou energia buscada pelo artista deve ganhar uma forma universalizante e capaz de sobreviver ao tempo, ambição da grande arte de corte clássico, que impera no palco e na poesia francesa desde o século XVII. Marc Fumaroli nos indica que o teatro francês do XVIII, que se baseava no do século anterior e contra o qual Diderot lutará, propondo nova teoria da verossimilhança no

20 DIDEROT, 1951. "Paradoxe sur le comédien", in: *Œuvres* (Paris: Gallimard), p. 1007. 'Quel jeu plus parfait que celui de la Clairon? [...] Sans doute elle s'est fait un modèle auquel elle a d'abord cherché à se conformer; sans doute elle a conçu ce modèle le plus haut, le plus grand, le plus parfait qu'il a été possible; mais ce modèle qu'elle a emprunté de l'histoire, ou que son imagination a créé comme un grand fantôme, ce n'est pas elle; si ce modèle n'était que de sa hauteur, que son action serait faible et petite! Quand, à force de travail, elle a approché de cette idée le plus près qu'elle a pu, tout est fini; se tenir ferme là, c'est une pure affaire d'exercice et de mémoire. Si vous assistez à ses études, combien de fois vous lui diriez: *Vous y êtes!...* combien de fois elle vous répondrait: *Vous vous trompez!...* C'est comme Quesnoy, à qui son ami saisissait le bras, et criait: *Arrêtez! le mieux est l'ennemi du bien: vous allez tout gâter...* Vous voyez ce que j'ai fait, répliquait l'artiste haletant au connaisseur émerveillé; mais vous ne voyez pas ce que j'ai là, et ce que je porsuis'.

palco, alicerçava-se em preceitos enunciados mais de quinze séculos antes, nas obras sobre retórica de Cícero e de Quintiliano. Na verdade, a se tomar ao pé da letra alguns desses preceitos, como o de *evidentia* ou de *enargeia*, que nos interessam mais diretamente neste ensaio, os objetivos originais eram de afetação intensa do espectador. Assim é que, como mostra Fumaroli, as instâncias da *persona*, do *character* ou do *typus* pressupunham, todas elas, o conceito (de estilística retórica) de *evidentia*, "qui elle-même suppose que la visibilité et le relief favorisent la procession des images, en portant plus vigoureusement la trace des essences originales".[21] Como uma dimensão do embate cultural de Diderot é exatamente contra a ideia de essência[22]), a qual pressupunha, por sua vez, que mais intensa seria a representação teatral (ou artística em geral) quanto mais as sequências imagéticas provassem estar sintonizadas e emanadas com vigor de uma verdade teológica e cosmológica provinda de Deus.

Era essa a lógica do ambiente cultural anterior ao Iluminismo, contra o qual Diderot empreenderá um combate nem sempre explícito, e em geral estratégico. A concepção geral de Cícero e Quintiliano, autores canônicos da retórica da Antiguidade romana, alicerçou a visão ocidental mesmo baseada numa harmonia cosmológica que, nos séculos seguintes, transformar-se-ia numa visão centralizada de uma inteligência suprema, legisladora, apaziguadora ou castigadora, e essencialmente pura em sua verdade. Eis a fusão das culturas greco-latina antiga e cristã, base desse neoclassicismo sob o

---

21 FUMAROLI, 1996. *Héros et orateurs. Rhétorique et dramaturgie cornéliennes* (Genebra: Librairie Droz), p. 297.

22 Lembremos do trecho de *Le Rêve de D'Alembert*: "...quand vous donnerez le nom d'individu à cette partie du tout, c'est par un concept aussi faux que si, dans un oiseau, vous donniez le nom d'individu à l'aile, à une plume de l'aile... Et vous parlez d'essences, pauvres philosophes ! laissez là vos essences" (Diderot, *Le rêve de D'Alembert*, p. 104).

Absolutismo centralizado francês, tendo jansenistas (neoagostinianos) e jesuítas como correntes influentíssimas no campo educacional e cultural na França do período. Vale citar um trecho da *Institutio oratoria* de Quintiliano no qual se vê alguns temas que ressurgirão nos escritos de Diderot pelo avesso, em meio ao combate contra o classicismo de Corneille e Racine, por exemplo:

> Devemos, portanto, incluir entre os meios de adornar a fala esta qualidade que os gregos chamam de *energeia*; pois a prova, ou, segundo outro autor, a representação, é mais do que a clareza (*perspicuitas*); esta última se deixa saber enunciar com clareza as coisas de que falamos e colocá-las, de alguma forma, perante nossos olhos; pois nossas palavras têm pouco efeito e não possuem de maneira nenhuma essa autoridade absoluta [...] que devem ter, quando atingem apenas os ouvidos, e quando um juiz apenas pensa que ouve uma narrativa, e não vê com os olhos o fato de que se trata.[23]

Ao comentar tal passagem, Marc Fumaroli toca num ponto que ressalta quando se analisa a verdadeira revolta teórica de Diderot contra o teatro francês do século XVII. "Todo o vertiginoso paradoxo do teatro clássico francês está implícito neste texto: basear a visibilidade teatral na magia única do verbo oratório".[24] Vários séculos de prática

---

23 FUMAROLI, 1996. *Héros et orateurs,* p. 298. "Aussi faut-il ranger parmi les moyens d'orner le discours cette qualité que les Grecs appellent *energeïa*; car l'evidence, ou, selon un autre, la représentation, est plus que la clarté (*perspicuitas*); celle-ci se laisse savoir énoncer clairement les choses dont nous parlons, et de les mettre en quelque sorte sous les yeux; car nos paroles font peu d'effet et n'ont point cet empire absolu [...] qu'elles doivent avoir, lorsqu'elles ne frappent que les oreilles, et lorsqu'un juge croit seulement entendre un récit, et ne voit pas des yeux le fait dont il s'agit". Trad. nossa.

24 FUMAROLI, *idem*, p. 298. "Tout le vertigineux paradoxe du théâtre classique français est impliqué dans ce texte: fonder la visibilité théâtrale sur la

e preceituação a respeito da *enargeia* e da *evidentia*, termos correlatos, ligam tais conceitos à ideia de tornar mais patético (dramatizar) o que se narra de modo a imprimir uma força visual mais intensa na mente (alma) do receptor. "O efeito patético é *visio*, 'visão', correspondente ao grego *phantasia*. [...] A *enargeia* ou *evidentia* intensifica o efeito de clareza dos ornatos aplicados, tornando-os mais nítidos (*nitidora*)".[25] O irônico, no caso, é que a teoria do *tableau* (quadro), que Diderot desenvolve em seus dois textos teóricos sobre a reforma da dramaturgia, *Entretiens sur le Fils Naturel* [*Conversas sobre O Filho Natural*] e *Discours sur la poésie dramatique* [*Discurso sobre a poesia dramática*], retoma a ideia de intensificação visual nada menos do que isenta de qualquer discurso (daí sua defesa dos gestos, dos gemidos, gritos, expressões mudas etc., bem como da pura e simples *condition* dos personagens, ou seja, sua função social ou profissional, sendo eles pais, filhos, maridos, jardineiros ou burgueses, *conditions* com as quais os espectadores podem se identificar e, assim, se sensibilizar). Um trecho de Rousseau, muito próximo do pensamento de Diderot, se refere exatamente à obsessão do teatro do século XVII em se manter apenas no nível discursivo e retórico-poético tradicional: "Em geral, há muito discurso e pouca ação na cena francesa [...]. Mesmo Racine e Corneille, com todo o gênio que possuíam, são apenas uns tagarelas".[26]

É interessante notar como Diderot se insere nesse debate milenar defendendo algo que o mundo antigo valorizava: a intensificação da cena dramatizada, de modo a imprimi-la na percepção do espectador

---

seule magie du verbe oratoire." Trad. nossa.

25 HANSEN, 2019, "Categorias epidíticas da *Ekphrasis*", em: *Agudezas seiscentistas e outros ensaios*, org. de Cilaine Alves Cunha e Mayara Laudanna (São Paulo: Edusp), p. 269.

26 O trecho é do romance *Julie ou La Nouvelle Heloïse*, de 1761, *apud O filósofo e o comediante* de Franklin de Matos (Belo Horizonte: Editora UFMG, 2002), p. 27.

como cena pintada (*enargeia/evidentia*, mas também *ekphrasis*). O problema é que o teatro francês do século anterior perdeu tal intensificação ao prender-se a regras, decoro e adequações tradicionalistas; por trás da militância de Diderot está a ideia de resgatar uma intensidade original perdida nas curvas do tempo: toda e qualquer institucionalização é uma diminuição do vigor de energia vital contida numa prática qualquer, e a arte mimética não escapa a tal avaliação.[27] Como se vê, o verdadeiro crítico não é apenas um destruidor, mas se vale da tradição no que ela tem de atualizável, de eficaz para os homens contemporâneos e que foi esquecido ou arrefecido por uma prática que perdeu o contato com sua própria intensidade primeva:

> Será uma regra que devemos afastar-nos da coisa, pois a arte está mais próxima dela, e colocar menos verossimilhança numa cena viva onde os próprios homens agem do que numa cena colorida onde só vemos, por assim dizer, suas sombras? Penso, para mim, que, numa obra dramática bem feita e bem representada, a cena oferece ao espectador tantos quadros [*tableaux*] reais quantos são os momentos da ação favoráveis a um pintor.[28]

É importante ressaltar que nosso intuito com a contraposição aqui proposta é tentar notar como as investidas de Diderot incorporam alguns traços de uma tradição que é fundante na cultura artística

---

27 Um livro já clássico com análises importantes sobre a concepção de energia em Diderot, entre ciência e estética, é o de Michel Delon, *L'Idée d'énergie au tournant des Lumières – 1770-1820* (Paris: PUF, 1988).

28 Diderot, *Entretiens sur le Fils Naturel*, p. 70. "Serait-ce une règle qu'il faut s'éloigner de la chose, à mesure que l'art en est plus voisin, et mettre moins de vraisemblance dans une scène vivante où les hommes mêmes agissent, que dans une scène colorée où l'on ne voit, pour ainsi dire, que leurs ombres? Je pense, pour moi, que si un ouvrage dramatique était bien fait et bien représenté, la scène offrirait au spectateur autant de tableaux réels, qu'il y aurait dans l'action de moments favorables au peintre".

ocidental, ao mesmo tempo que solapam seus alicerces. Em um pensador radical (no sentido das "Luzes radicais" nomeadas por J. Israel) e ao mesmo muito lúcido em relação à necessidade de estratégia de hermetismo textual diante dos poderes vigentes (vide a quantidade de textos seus não publicados em vida, bem como todas as escaramuças para tornar publicável a *Encyclopédie*), esse duplo jogo entre o antigo e o moderno pode ser visto, a um só tempo, como modo de burlar as resistências contra inovações e como inevitável diálogo com a (e absorção da) tradição. Nenhum grande pensador prescinde desse último, já que, sendo um grande pensador, pertence à tradição mesma que critica.

4. Um teórico da estética que dialoga com o classicismo em pleno combate público: argumentos entre tradição e transformação

No caso de Diderot, tal raiz fincada no mundo antigo emerge até mesmo na busca horaciana de fazer do teatro um meio de moralização do público. O famoso "*prodesse et delectare*" (instruir e deleitar) de Horácio será metamorfoseado num verdadeiro programa de "educação estética" — e a citação do termo cunhado por um discípulo alemão de Diderot, Schiller, não é fortuita, já que, como provocativamente propomos, um conceito pré-moderno e retórico como o de *enargeia* pode ser visto como ancestral do de sublime, que Schiller valorizará a partir de seu mestre na língua vernácula, Kant, o primeiro seguidor dos *philosophes* franceses das Luzes.[29] Em vez de apostar nessa via que ultrapassa o tempo de Diderot, lembremos do

29 Tal hipótese (provocativa) pede um outro espaço para ser enunciada e desenvolvida, já que trata da complicada recepção alemã do pensamento de Diderot. Gostaríamos apenas de indicar que a característica da tradição bastante antiga da *enargeia* de preceituar a busca de efeitos incomuns de intensidade dramática na descrição das paixões pode ter influído no modo

início no *Discurso sobre a posesia dramática*, onde se lê: "Oh, que bom seria para os homens se todas as artes da imitação propusessem um objeto comum e um dia trabalhassem juntas com as leis para nos fazer amar a virtude e odiar o vício!"[30] Isso porque

> o poeta, o romancista, o ator chegam ao coração de uma maneira indireta e atingem a alma com uma segurança e uma força tão maiores, quanto ela mesma se abre e se oferece ao golpe. As penas por meio das quais eles me enternecem são imaginárias; ok, mas me enternecem. [...] Que arte seria mais fatal do que a que me tornaria cúmplice do vício? Mas também que arte é mais preciosa do que a que me liga imperceptivelmente ao destino de um homem bom?[31]

O trecho citado logo anteriormente, com a questão da lei ("si tous les arts d'imitation [...] concouraient un jour avec les lois..."), mostra como Diderot sempre pensa a questão da estética teatral a partir da busca de eficácia cívica e da penetração ética e política na sociedade. Tal visão levanta muitas desconfianças em relação a Diderot (assim como a Schiller), já que desde fins do século XIX e

---

como o conceito de sublime será elaborado por leitores assumidos da obra de Diderot.

30 DIDEROT, "Discours sur la poésie dramatique", em: *Écrits sur le théâtre, op. cit.*, p. 168. "Ô quel bien il en reviendrait aux hommes, si tous les arts d'imitation se proposaient un objet commun et concouraient un jour avec les lois pour nous faire aimer la vertu et haïr le vice!"

31 DIDEROT, *idem*, p. 167. "Le poète, le romancier, le comédien vont au cœur d'une manière détournée, et en frappent d'autant plus sûrement et plus fortement l'âme qu'elle s'étend et s'offre d'elle-même au coup. Les peines sur lesquelles ils m'attendrissent sont imaginaires; d'accord: mais ils m'attendrissent. [...] Quel art serait plus funeste que celui qui me rendrait complice du vicieux? Mais aussi quel art plus précieux que celui qui m'attache imperceptiblement au sort de l'homme de bien".

ao longo do XX, a arte ocidental buscou um ponto de distanciamento em relação às ideologias que, como se sabe, inexoravelmente escoram qualquer sistema de legiferação e balizamento moral na sociedade — a ser exercido por meio e políticas de Estado, por exemplo. As desconfianças são ainda maiores porque, no caso de Diderot, os textos teóricos sobre o teatro acompanham a prática como dramaturgo, cujos resultados naquele momento são peças (*O Filho natural* e *Le Père de famille* [O pai de família]) consideradas excessivamente sentimentais, para nossos padrões a partir daquele século XX. Pior: os textos às vezes parecem defesas de sua dramaturgia, em meio ao clima polêmico contra os *philosophes*, na época. Por fim, há de fato apostas que, importantes no momento em que se deram, não se tornaram hegemônicas culturalmente, nos séculos seguintes, o que é inevitável em qualquer pensador. Um exemplo simples é o da importância dada por ele às lágrimas como reação do receptor – o que não impede que sua reflexão a respeito tenha tido dimensões importantíssimas para a própria constituição da arte (e da estética) na Europa e no mundo por vir.[32]

Há um motivo originário para Diderot sempre ter incluído a dimensão política/pública – que, por sua vez, inclui a moralidade vista sob o ângulo de quem pensa políticas de Estado – ao refletir sobre a estética: sua combatividade na guerra cultural do Iluminismo, desde que sua tradução do *An inquiry concerning virtue or merit* [*Uma investigação acerca de virtude e do mérito*], de Shaftesbury. Segundo o utilitarismo do autor inglês, a virtude consistiria essencialmente na obediência ou na ação conforme às leis. Obviamente, transposto para a França pós-impacto d'*O espírito das leis* de Montesquieu (surgido em 1748, três

32 Propomos modos específicos e panorâmicos de tratar dessa questão (analisando inclusive parte da estética de Diderot) em nosso SILVA, 2019 *Sensibilidade, coquetismo e libertinagem. A* Pamela *inglesa, as* Pamelas *francesas e as mudanças éticas e estéticas no século XVIII* (São Paulo: Alameda).

anos depois da tradução de Diderot e um antes da prisão do filósofo, provavelmente por conta do conteúdo materialista de sua *Lettres sur les aveugles à l'usage de ces que voient* [*Cartas sobre os cegos para uso dos que veem*]), a ideia de que, no espaço público, a moral deve coincidir com as leis já pode ser contrabalançada pela ideia de que as próprias leis podem (e devem) ser revistas segundo as necessidades cambiantes da sociedade (ideia moderna de legiferação).

Um especialista tem mostrado essa base pragmática do pensamento de Diderot, que torna impossível ver em seus escritos a respeito uma doutrina transcendente à experiência social concreta:

> desde sua origem, as verdades morais são de natureza pragmática, ligadas à experiência de vida em sociedade – o que explica porque, embora tenham uma base natural, podem ser variadas e mais ou menos complexas dependendo da sociedade em que se inserem. Luís Manuel Bernardo [...] sublinha que Diderot de alguma forma desloca a questão da verdade: o verdadeiro passa a ser o mais provável, o mais útil, o que proporciona mais felicidade. A partir daí, entendemos que [*para Diderot*] as verdades morais não são objetos de dedução que poderiam ser alinhados num tratado de moralidade por princípios, mas sim coisas que devem ser vividas, experimentadas, testadas.[33]

---

33 DUFLO, 2015 "Conséquence morale et écriture philosophique chez Diderot", *Cultura*, Vol. 34 (2015), p. 83-93 (parágrafo 8), acedido em 20 de dezembro de 2020: https://journals.openedition.org/cultura/2460#ftn11. O trecho do original: "dès leur origine, les vérités morales sont d'ordre pragmatique, liées à l'expérience de la vie en société – ce qui explique que, tout en ayant un fond naturel, elles puissent être variées et plus ou moins complexes selon la société dans laquelle elles s'élaborent. Luís Manuel Bernardo [...] souligne que Diderot déplace en quelque sorte la question de la vérité: le vrai devient le plus probable, le plus utile, ce qui procure le plus de bonheur. Dès lors, on comprend que [*para Diderot*] les vérités morales ne sont pas des objets de déduction qui pourraient

Com efeito, e de forma previsível, essa postura de Diderot se explicita num texto radical na defesa da possibilidade de revisionismo da moralidade europeia (e, na verdade, de toda e qualquer moralidade humana), *Supplément au voyage de Bougainville* [*Suplemento à viagem de Bougainville*]. A defesa utilitária (pragmática) da estrita obediência às leis é inegociável, e as leis são (formam, compõem) os costumes – só que leis são feitas para serem mudadas:

> A. Então, o que você quer dizer com os costumes? B. Entendo como uma submissão geral e uma conduta consequente a leis boas ou más. Se as leis são boas, os costumes são bons; se as leis são ruins, eles são ruins.[34]

Nesse texto-chave a respeito da moral, a conversa entre o Capelão (*Aumônier*) e Oru (*Orou*), o taitiano, demonstra como o interesse ou a necessidade concreta geral, coletiva, é o que deveria determinar a moral, e não ideias abstratas, sistematizadas por alguns sábios (ou sacerdotes), como acontece na civilização europeia. Após Oru obrigá-lo, como hóspede, a copular com sua filha, segundo a lei do Taiti, o nativo explica que é o interesse geral em novos braços para o trabalho que faz com que a moral da ilha preceitue o máximo de intercursos sexuais possíveis das mulheres em idade fértil, sem impedimentos imaginários, sem uma moral artificiosa que prejudique o coletivo. Anfitrião e hóspede falam, ao analisar sua situação:

---

s'aligner dans un traité de morale par principes, mais bien plutôt sont des choses qui doivent être vécues, expérimentées, éprouvées".

34 DIDEROT, *Supplément au voyage de Bougainville* (Paris: Gallimard), p. 81. "A. Qu'entendez-vous donc par des mœurs? B. J'entends une soumission générale et une conduite conséquente à des lois bonnes ou mauvaises. Si les lois sont bonnes, les mœurs sont bonnes; si les lois sont mauvaises, les mœurs sont mauvaises". Trad. nossa.

> O CAPELÃO: Em que consiste seu casamento? OROU: O consentimento para morar na mesma cabana e para dormir na mesma cama, desde que ali nos sintamos bem. O CAPELÃO. E quando vocês estão infelizes? OROU: Nós nos separamos.[35]

E, no fim do conto, o interlocutor A. pergunta, ponto a ponto, se casamento, galanteria, coquetismo etc. se encontrariam na natureza. Ao chegar na *constance* (estabilidade da relação):

> B. Não lhe direi nada melhor do que o que Orou disse ao capelão: pobre vaidade de duas crianças que se ignoram a si próprios e cuja embriaguez de um momento os cega para a instabilidade de tudo ao seu redor. R. E a fidelidade, esse fenômeno raro? B. Quase sempre a teimosia e o tormento do homem e da mulher honestos em nossas paragens; quimera no Taiti. A. Ciúme? B. Paixão de animal necessitado e mesquinho que teme a falta; sentimento injusto do homem; consequência de nossa falsa moral e de um direito de propriedade estendido sobre um objeto que sente, pensa, deseja e é livre.[36]

---

35 DIDEROT, *Supplément au voyage de Bougainville*, p. 59. "L'AUMÔNIER. Qu'est-ce que votre mariage? OROU: Le consentiment d'habiter une même cabane et de coucher dans un même lit, tant que nous nous y trouvons bien. L'AUMÔNIER: Et lorsque vous vous y trouvez mal? OROU: Nous nous séparons".

36 DIDEROT, *idem*, p. 84. "B. Je ne vous en dirai rien de mieux que ce qu'en a dit Orou à l'aumônier: pauvre vanité de deux enfants qui s'ignorent eux-mêmes et que l'ivresse d'un instant aveugle sur l'instabilité de tout ce qui les entoure. A. Et la fidelité, ce rare phénomène? B. Presque toujours l'entêtement et le supplice de l'honnête homme et de l'honnête femme dans nos contrées; chimère à Otaïti. A. La jalousie? B. Passion d'un animal indigent et avare qui craint de manquer; sentiment injuste de l'homme; conséquence de nos fausses mœurs et d'un droit de propriété étendu sur un objet sentant, pensant, voulant et libre".

Esse "*monstrueux tissu d'extravagances*" [monstruoso tecido de extravagâncias], no dizer de Oru[37], é a rede de preconceitos artificiosos, não encontráveis na natureza, que constitui a base, ou a "*histoire abrégée*" [história condensada] de toda nossa (da civilização ocidental) miséria:

> B. Existia um homem natural; dentro desse homem introduziu-se um homem artificial [...]. Às vezes o homem natural é o mais forte, às vezes é vencido pelo homem moral e artificial [...]. Há circunstâncias extremas que reconduzem o homem à sua primeira simplicidade. A. Pobreza e doença, dois grandes exorcistas.[38]

Como lembra Franklin de Matos, o pragmatismo ou utilitarismo de Diderot permanece firme no final e justifica as conclusões da seguinte forma: "B. Falaremos contra leis tolas até que sejam reformadas e, enquanto isso, submeter-nos-emos a elas. Aquele que, por sua autoridade privada, infringe uma lei má, autoriza todos os demais a infringirem as boas".[39]

A passagem é cortante, pois também cita a ideia de "*autorité privée*". Michel Delon defende que o *Supplément au voyage de Bougainville* pertence à linhagem de textos que "questionam as discrepâncias entre

---

37 DIDEROT, *idem*, p. 58.

38 Diderot, *idem*, p. 89. B. "Il existait un homme naturel; on a introduit au-dedans de cet homme un homme artificiel [...]. Tantôt l'homme naturel est le plus fort, tantôt il est terrassé par l'homme moral et artificiel [...]. il est des circonstances extrêmes qui ramènent l'homme à sa première simplicité. A. La misère et la maladie, deux grandes exorcistes".

39 MATOS, *O filósofo e o comediante*, *op. cit.*, p. 110 e seq.; Diderot, *Supplément au voage de Bougainville*, *op. cit.* p. 94. "B. Nous parlerons contre les lois insensées jusqu'à ce qu'on les réforme et en attendant nous nous y soumettrons. Celui qui de son autorité privée enfreint une loi mauvaise, autorise tout autre à enfreinte les bonnes".

a consciência e o direito civil, entre a convicção pessoal e a obediência às regras sociais".[40]

5. Consequências políticas da reflexão de Diderot sobre a moral

Se, como vimos, a defesa da ideia de um Deus criador impediu Rousseau de se tornar materialista, o recurso à hipótese do homem natural uniu-o ao ex-amigo, agora desafeto, Diderot. O que levou à fundação, no Ocidente, da ideia de que é impossível pensar o homem despegado de seu corpo e de seus impulsos naturais (ou seja, materialistas, já que animais), apesar de toda a capa civilizatória – o que abre a possibilidade de pensar que um espaço infra-institucional nunca deixa de atuar na vida social, por mais que essa se complexifique e, portanto, se sofistique. Um historiador como Reinhart Koselleck mostrou, em livro importante, como os pensadores do Século das Luzes francês promoveram a ideia de um espaço privado, extra-institucional, ligado à subjetividade individual, cuja nova dignidade se inventava, à época. Koselleck chega mesmo a mostrar os limites desse novo paradigma: "A identidade postulada entre liberdade moral e coerção política, com a qual Rousseau esperava eliminar os males do sistema absolutista, revela-se a ditadura ideológica da virtude, cuja autoridade desaparece sob a máscara da vontade geral".[41]

Essa nova ilusão do momento, propriamente revolucionária, é possível a partir de uma nova racionalidade, que é também uma moral pública: "Elevou-se a princípio político o método da crítica progressista, que consiste em considerar o que é exigido pela razão

---

40 DELON, 2002. Prefácio a *Supplément au voyage de Bougainville* de Denis Diderot (Paris: Gallimard), p. 21. Trad. nossa.

41 KOSELLECK, 1999. *Crítica e crise: uma contribuição à patogênese do mundo burguês* (Rio de Janeiro: Eduerj/Contraponto), p. 144.

– diante do qual o presente desaparece – como se fosse a realidade verdadeira".[42] Mais de um século (recente) de ilusões à esquerda e à direita se pode ler nessas frases. Assim como no caso de Diderot, Rousseau terá num romance (de tese) sua obra mais influente a propagar tais ideias, na época: o *Emílio ou Da educação*. É crucial aqui o deslocamento que esses pensadores empreendem para o campo da sedução, da ilusão consentida que a dimensão estética proporciona, uma ilusão erigida sobre a identificação sensível (as cordas e fibras sensíveis que o Diderot de *O sonho de D'Alembert* quer fazer soar à distância). Koselleck é claro a respeito:

> O termo crise, em seu sentido provocador (i.e.: *estado de ausência de autoridade, de anarquia*), só apareceu efetivamente no momento em que se exigiu que o juízo constantemente proferido pelos iluministas fosse executado, em virtude dos postulados políticos que anunciava. Na França, por volta de 1770, dialeticamente instigado pela monopolização do poder nas mãos do soberano absoluto, o comportamento apolítico – isto é, indiretamente político – da nova elite em relação ao Estado passa ao estágio de uma consciência política autônoma. [...] Acentua-se a disjunção polêmica entre, de um lado, um reino naturalmente bom e, de outro, a política existente, declarada – mediante esta separação – como domínio da pura violência.[43]

Para um comportamento apolítico, mesmo prestes a se transmudar em ação política, adequa-se perfeitamente a dimensão dos romances: como os *philosophes* a desfilar nos *salons* e a analisar a física (de Newton), a matemática (de Leibniz), o teatro (lacrimejante), os romances (sentimentais) etc., o grosso da elite leva uma vida frívola,

42 KOSELLECK, *idem*, p. 145.

43 KOSELLECK, *idem*, p. 147.

mas que vai cavando um espaço infra-institucional que engolirá o mundo antigo. Em carta à princesa Daschkoff, em 1771, testemunhando a cassação do Parlamento de Paris por Luís XV, Diderot enuncia o que Rousseau não arrisca:

> Uma vez que os homens ousem atacar a barreira mais portentosa que existe, e a mais respeitada, é impossível que se detenham. A partir do momento em que dirigem olhares ameaçadores à majestade do céu, não faltará, depois disso, o momento em que os dirigirão contra a soberania da Terra.[44]

Mais recentemente, outro historiador, Jonathan Israel, mostra como esse momento tardio na obra de Diderot e de Rousseau – por volta de 1770 – é crucial na guerra cultural do momento. Ao mostrar como os homens da Igreja acusavam os *philosophes*, o partido de Diderot, de imorais, tentando alvejá-los no próprio campo em que eles (estrategicamente) tinham decido lutar, Israel lembra de um texto em que o polígrafo de Langres discutiu seu próprio estatuto como materialista. Se, como lembrou Robert Desné no próprio momento em que tal texto foi muito tardiamente descoberto, já no século XX, em 1964 (!), já houve quem tenha visto nas críticas de Diderot a dois pretensos materialistas, Hélvetius e Hemsterhuis, uma tentativa diversionista para tentar se afastar da perseguição contra tal tipo de pensador (ou apenas da sistematicidade ou dureza conceitual do determinismo materialista, que um pensador assistemático como Diderot repudiaria), o próprio Desné destaca que a avaliação de uma polêmica interna a formas por demais idealizadas do materialismo seria a hipótese mais provável.[45]

---

44 KOSELLECK, *idem*, p. 149.

45 DESNÉ, 1964, "Un inédit de Diderot retrouvé en Amérique ou Les objections d'un matérialiste à une théorie idéaliste de l'homme", *La Pensée. Revue*

A crítica ao filósofo holandês Frans Hemsterhuis, *Observations sur la Lettres sur l'homme et ses rapports* [*Observações sobre a Carta sobre o homem e suas relações*], é escrita um ou dois anos depois da aparição do radicalmente materialista *Sistema da natureza*, de d'Holbach, de quem Diderot era extremamente próximo. Israel descreve:

> Ele [Diderot] reafirma vigorosamente o monismo espinosista do seu sistema geral e pergunta que consequências morais negativas sua liberdade individual, enraizada na liberdade de imprensa e propagada pelos seus escritos materialistas, poderia razoavelmente ser acusada de produzir. Os homens não são mais viciosos hoje, observa ele, do que há trinta anos (por outras palavras, antes da publicação da *Enciclopédia* e dos seus primeiros escritos, bem como dos de Boulanger, Holbach e La Mettrie). As transformações na moral das nações parecem-lhe dever-se a diversas causas que estão muito distantes dos debates metafísicos.[46]

6. Os três contos-chave do início dos anos 1770: a ficção pensa a moral (abstrata e concreta)

Se os embates abstratos (metafísicos...) são avaliados por Diderot como sendo desvios inofensivos se comparados a ações ou fatos em sua materialidade, ou seja, em sua pragmática, o que dizer da arte? Se, como vimos, a moral humana só pode emanar da pragmática social concreta, a prosa de ficção, base do conto e do romance, é privilegiadíssima não apenas pelo desvio mimético que tange o irracional e o imaginário, mas porque esse desvio significa pôr em circulação pública debates morais que podem influir na revisão (no aperfeiçoamento,

du rationalisme moderne, 118 (1964), p. 93-110, acessar em 22 de janeiro de 2020 em: https://gallica.bnf.fr/ark:/12148/bpt6k58160373/f95.vocal

46 ISRAEL, 2017 "Deux philosophies morales en conflit", in: *Une révolution des esprits.* (Marseille: Ed. Agone), p. 163. Trad. nossa.

segundo os interesses coletivos) da moral vigente. Colas Duflo lembra que Diderot inicia seu *Éloge de Richardson* [*Elogio de Richardson*] comparando o romancista (da era das Luzes) ao moralista (do século XVII), e conclui que

> a forma narrativa é em si uma ferramenta de investigação que garante a superioridade do romancista sobre o moralista. [...] Esta superioridade também se explica pelo fato de a história servir como experiência e permitir ao leitor viver indiretamente. A narração é o modo preferido de contar uma experiência, e a ficção permite uma exploração empírica do mundo moral sem equivalente. Isso é evidenciado pelas discussões que a leitura das obras de Richardson provoca na sociedade. O comportamento dos personagens fictícios dá origem a conversas que aprofundam "os pontos mais importantes da moralidade e do gosto" como se fossem casos reais.[47]

Se nos transladamos para essa outra dimensão, a artística que, como vimos, Diderot também tenta aproximar do utilitarismo (em busca de sua eficácia pública, política e social), encontramos a trilogia de contos surgida no mesmo período, o início dos anos 1770: *Ceci n'est pas un conte* [*Isto não é um conto*], *Madame de la Carlière* e o já comentado *Suplemento à viagem de Bougainville*, todos de 1772 – esse último, um conto filosófico ou de tese que, no caso de Diderot, em geral é vazado por diálogos. Todos tematizando a moral humana, é importante conhecer os enredos dos dois contos ainda não analisados de modo a desembocar nas reflexões de Diderot sobre a mimese.

Ceci n'est pas un conte traz um narrador e um ouvinte dialogando a partir de duas histórias testemunhadas pelo primeiro. Uma delas é a do homem sem posses que se apaixona por uma mulher amante da

47 DUFLO, "Conséquence morale", parágrafos 13-14.

riqueza e do luxo. Pela paixão, ele vai para a América, faz fortuna, volta, une-se à amada, que está livre de amantes, mas não do vício da riqueza: fá-lo envolver-se num projeto comercial promissor, ele parte com o coração apertado para a Rússia e lá morre de febre. Na segunda história do conto, uma mulher sensível e culta se apaixona por um escritor sem prestígio, esfalfa-se por ele, comprometendo sua saúde ao ajudá-lo num projeto enciclopédico que a leva a decifrar manuscritos antigos noites adentro. Um dia, porém, friamente o homem acaba com o caso e ela, em desespero, apela para o narrador, que conhece seu amado. Os três se encontram e a cena, patética, desesperada, não chega a sensibilizar o homem. Ela fica arrasada e, quando consegue retomar a vida social, mesmo sendo prestigiada nos salões de Paris e até na corte, recusa todos os convites e morre solitária, rejeitada pela família, enquanto seu amado exerce a medicina com muita tranquilidade e com a "*réputation usurpée d'honnête homme*" [reputação usurpada de homem de bem], na expressão do narrador.[48]

Mais elaborado, *Madame de la Carlière* — cujo subtítulo torna claro, de saída, o que queremos aqui destacar: *ou Sur l'inconséquence du jugement public de nos actions particulières* [*Sobre a inconsequência do julgamento público das ações particulares*] – traz a protagonista como objeto de amor de Desroches, uma espécie de libertino que passa por carreiras de prestígio (eclesiástica, de magistrado e militar). Depois de resistir um pouco, por conta da fama do outro, ela aceita se casar, mas a cerimônia é bastante inusitada: se transforma numa cena patética de juramentos seguidos a respeito da fidelidade futura do casal, diante de uma assembleia de conhecidos, que se arrebata com a encenação. Mas Desroches afinal tem um caso com uma charmosa mulher, com

48 DIDEROT, 1951, "Ceci n'est pas un conte", em: *Œuvres* (Paris: Gallimard), p. 802.

quem convive ao ajudar um amigo em processo judicial. Sua esposa descobre e se choca. Decide chamar de volta a assembleia para, outra vez patética e teatralmente, julgar o marido.

Daí em diante o conto se concentra bastante nesse poder e nos modos de julgamento do público diante da vida moral de todos e qualquer um. Habilmente, o conto mostra como há reviravoltas na avaliação: os conhecidos tendem, de início, a julgar ridícula a obsessão da mulher pela exclusividade do marido, mas depois, como ele vai morar longe de Paris e ela mantém suas aparições sociais como sofredora, todos passam a apoiá-la. E ela acaba falecendo numa cena patética final, na Igreja Saint-Eustache, durante uma comunhão, para júbilo mórbido de *tout Paris*.

Os dois resumos apressados, que não têm como honrar a riqueza dos contos, em especial do segundo, servem para nos colocar diante da questão básica que ocupa Diderot na época – e que ele acha por bem tratar por meio da ficção em prosa: como as ações humanas, no caso no campo erótico-amoroso, podem ser julgadas no nível da moral? Vê-se nitidamente, em especial ao notar os cuidados e oscilações dos narradores e personagens diante da tarefa humana de julgar seus semelhantes, que o tema central é esse mesmo: os limites, as escaramuças, a ambiguidade (que tende a uma espécie de vale-tudo analítico, em que qualquer julgamento em relação ao outro pode ter lugar, dependendo do modo, racional ou patético, como se conduz o tribunal, ou dos interesses de quem julga) e, no limite, portanto, a impossibilidade do julgamento moral. E, no entanto, ele é pragmaticamente inescapável: não existe vida social sem julgamento moral mútuo, que se torna conjunto de leis. O materialismo surge como pano de fundo, já que se trata de impulsos incontroláveis da paixão, embora, também de forma típica em Diderot, esse nível se contrapõe ao do artifício civilizatório, já que, se certos impulsos são irrefreáveis, o modo como lidamos com seus desdobramentos e com os envolvidos (com maior ou menor crueldade, por exemplo) já pertence ao nível civilizatório e racional mais sofisticado.

Mas o ponto que queremos destacar é que ambos os contos trazem a alternância (inescapável e, portanto, pragmaticamente inclusa na vida concreta de homens e mulheres) entre aqueles impulsos e seus freios possíveis e os olhares do "público" julgador. Eis aí, portanto, deslocadamente, a mesma questão de uma consciência (sempre ligada a um corpo) individual autônoma, mas que só o é até certo grau, ou seja, até o limite do tributo que se deve pagar à moral estabelecida concretamente pela coletividade (outro nível de determinismo). As críticas explícitas à "*foule imbecile qui nous juge, qui dispose de notre honneur*" [multidão imbecil que nos julga, que dispõe de nossa honra][49] ou aos juízos desregrados que o público faz sobre as ações dos outros deixa clara a posição trazida nos contos, em especial em *Madame de la Carlière* (*Ceci n'est pas un conte*, a nosso ver, serve como uma visão muito percuciente a respeito da suspensão de julgamento necessária para se captar a ação do outro sem preconceitos ou injustiças de projeção subjetiva, o que aponta, de modo muito avançado, para a pos-

49 A citação do trecho mais longo mostra o tom negativo usado pelo narrador/interlocutor para descrever a tirania do julgamento público: "Tant de personnes étaient confidentes de cette séparation inattendue et du motif qui l'avait amenée, que ce fut bientôt l'entretien général. C'est ici que je vous prie de détourner vos yeux, s'il se peut, de Mme de La Carlière, pour les fixer sur le public, sur cette foule imbécile qui nous juge, qui dispose de notre honneur, qui nous porte aux nues ou qui nous traîne dans la fange, et qu'on respecte d'autant plus qu'on a plus d'énergie et de vertu. Esclaves du public, vous pourrez être les fils adoptifs du tyran; mais vous ne verrez jamais le quatrième jour des Ides!" (Denis Diderot, "Sur l'inconséquence du jugement public de nos actions particulières", em: *Œuvres,* Paris: Gallimard, 1951, p. 818-819).

sibilidade de se pensar a ação humana para além da moral[50]). Trata-se da possibilidade e, sem dúvida, da necessidade de se reverter o jogo e, soberanamente, poder julgar a moral estabelecida pela sociedade, por seus costumes, a partir de uma experiência singular: a visão desabonadora do julgamento em assembleia dos circundantes da protagonista e, na verdade, sua propensão e seu talento em manipular tal julgamento demonstra com clareza que a maioria pode estar errada, pode construir seu julgamento moral em solo inconfiável e traiçoeiro. Ou seja, se os indivíduos são julgados segundo a régua estabelecida pela experiência de muitos no passado, essa própria régua pode ser repensada, remedida, revolucionada a partir de uma experiência nova e menos viciosa, já que mais ligada a uma verdade dos impulsos naturais, sem a maquiagem idealizada da civilização.

Trata-se, como já se referiu acima, daquela perspectiva dos *philosophes* radicais da época no sentido de pensar o homem e sua moral sob todas as capas institucionais, num espaço que seja crítico ao pró-

50 As análises de Michel Delon (*Diderot cul par-dessus tête*, Paris: Albin Michel, 2013, assim como *Idée d'énergie au tournant des Lumières* e o *Prefácio* do *Supplément au voyage de Bougainville*) e de Franklin de Matos (*O filósofo e o comediante*) me motivaram a refletir a partir da trilogia de contos de Diderot do início da década de 1770, referida acima. Indicamos, também, que a reflexão sobre o modo como os narradores dialogantes de tais contos apontam para uma posição de indiferença moral, em que todos os juízos morais se igualam, pode ser muito frutífera para pensar também obras da maturidade de um grande escritor brasileiro muito influenciado pela cultura setecentista francesa e europeia em geral – Machado de Assis. Em especial o Conselheiro Aires, protagonista de seus dois últimos romances, *Esaú e Jacó* e *Memorial de Aires*, nos parecem figurações muito sofisticadas desse *locus* de indiferença ou ultrapassamento da moral. Propusemos um início de reflexão por essa via no capítulo "Um narrar a menos: o Conselheiro no Memorial de Aires", em: *À roda de Machado de Assis. Ficção, crônica e crítica*, org. de ROCHA, 2006 (Chapecó: Argos), p. 271-300.

prio estado civilizatório (artificial) que ameaça, a todo momento, os impulsos verdadeiros, naturais, corporais do homem.[51]

7. A tensão entre obra (ou experiência) singular e gosto (ou julgamento moral) coletivo: a arte encontra a moral

Se assim o é, portanto, podemos terminar retornando ao debate sobre a teoria estética, uma vez que na arte, também, trata-se de captar (como leitor ou crítico) ou produzir (como artista) uma intensidade que, tendo afetado o autor para que produzisse a obra, deve afetar o leitor/crítico/espectador em suas verdades, em suas questões graves e fundamentais, e não apenas em suas vaidades, em sua erudição, em seu *gosto* (voltaremos a esse conceito). No Paradoxe sur le comédien, os atores, como *la* Clairon ou Garrick, devem burilar seu entusiasmo *genial* (a afetação de que o artista é capaz) para criar uma forma que será mais eficaz para provocar o entusiasmo no espectador. E no Éloge de Richardson, o detalhismo protorrealista do romancista serve para envolver ilusoriamente o leitor para que ele possa sentir do modo o mais intenso possível (como experiência, incidindo, portanto, não só em sua racionalidade, mas também em seu imaginário) suas cordas da sensibilidade vibrarem sob o couro que a civilização produziu (daí a ideia de lágrimas que, no momento da recepção da obra, transgridem a postura de erudição racional exigida dos espectadores do teatro do século XVII).

---

51 "Corporais" aqui se refere a impulsos que partem dos gostos e interesses inconscientes da história de cada indivíduo, diria Freud (cujo conceito de pulsão, como se sabe, tem sede no corpo), ou do sujeito visto como aquele que busca soberanamente aumentar suas paixões alegres, na linguagem de Espinoza.

> Este autor não faz sangue escorrer pelas paredes; não te transporta para terras distantes [...]; seus personagens são retirados do ambiente da sociedade; [...] as paixões que ele pinta são tais que as experimento em mim; são os mesmos objetos que os emocionam, têm a energia que conheço neles...[52]

Se a identificação mimetizada pavimenta a ilusão que nos faz ser afetado "como se" estivéssemos diante de homens iguais a nós, os detalhes salpicados e o calhamaço de páginas serve para que se *sinta*, de fato, o fardo da vida cotidiana e de suas penas, sofrimentos, de uma nova espécie de sublime do cotidiano: "Você acusa Richardson de prolixidade! Vocês, portanto, esqueceram quantos problemas, cuidados e movimentos custam para fazer com que o menor empreendimento tenha sucesso, para encerrar um julgamento, para concluir um casamento, para provocar uma reconciliação".[53]

Trata-se da visão do *gênio* que, em meio a seus objetos cotidianos, tenta extrair elementos que possam despertar as "*couleurs vraies*" [cores verdadeiras] da vida. Nesse ponto, vale citar uma passagem que descreve bem essa nova concepção do artista afetado pelo entorno (violento, intenso ou mesmo banal, posto que cotidiano, mas sempre concreto, natural, ligado a interesses e experiências autênticas) e que tenta solidificar, numa forma duradoura, essa afetação:

---

52 DIDEROT, *Éloge de Richardson*, em: Œuvres (Paris: Gallimard, 1951), p. 1060-1061. "Cet auteur ne fait point couler le sang le long des lambris; il ne vous transporte point dans des contrées éloignées (...); ses caractères sont pris du milieu de la société; [...] les passions qu'il peint sont telles que je les éprouve en moi; ce sont les mêmes objets qui les émeuvent, elles ont l'énergie que je leur connais...". Trad. nossa.

53 DIDEROT, *Éloge de Richardson*, p. 1064. "Vous accusez Richardson de longuers! Vous avez donc oublié combien il en coûte de peines, de soins, de mouvements, pour faire réussir la moindre entreprise, terminer un procès, conclure un mariage, amener une réconciliation". Trad. nossa.

> O gênio cercado pelos objetos com os quais lida não lembra, ele vê; não se limita a ver, emociona-se: no silêncio e na escuridão do gabinete, desfruta desta paisagem risonha e fecunda; está congelado pelo assobio dos ventos; ele está queimado pelo sol, ele tem medo das tempestades. A alma muitas vezes deleita-se com essas afetações momentâneas; elas lhe dão um prazer que lhe é precioso; entrega-se a tudo que pode aumentá-la; ela desejaria, por meio de cores verdadeiras e de traços indeléveis, dar corpo aos fantasmas que constituem sua obra [...]. Se ela quiser pintar alguns desses objetos que a agitam, às vezes os seres se despojam de suas imperfeições; apenas o sublime, o agradável estão incluídos em suas pinturas; então o *gênio* pinta lindamente; ou por outra, a alma vê nos acontecimentos mais trágicos apenas as circunstâncias mais terríveis, e o gênio espalha neste momento mais sombrio as expressões enérgicas de reclamação e dor, anima a matéria, colore o pensamento: no calor de entusiasmo, não tem nem a natureza, nem a sequência das suas ideias; ele é transportado para a situação dos personagens que ele faz agir.[54]

---

54 DIDEROT, "L'Article Génie", in: *Œuvres esthétiques* (Paris: Garnier Frères, 1968), p. 9-10. "Le *génie* entouré des objets dont il s'occupe ne se souvient pas, il voit; il ne se borne pas a voir, il est ému: dans le silence et l'obscurité du cabinet, il jouit de cette campagne riante et féconde; il est glacé par le sifflement des vents; il est brûlé par le soleil, il est effrayé [des] tempêtes. L'âme se plaît souvent dans ces affectations momentanées; elles lui donnent un plaisir qui lui est précieux; elle se livre à tout ce qui peut l'augmenter; elle voudrait, par des couleurs vraies, par des traits ineffaçables, donner un corps aux fantômes qui sont son ouvrage [...´].Veut-elle peindre quelques-uns de ces objets qui viennent l'agiter, tantôt les êtres se dépouillent de leurs imperfections; il ne se place dans ses tableaux que le sublime, l'agréable; alors le *génie* peint en beau: tantôt elle ne voit dans les événements les plus tragiques que les circonstances les plus terribles, et le *génie* répand dans ce moment les plus sombres, les expressions énergiques de la plainte et de la douleur, il anime la matière, il colore la pensée: dans la chaleur de l'enthousiasme, il

Não dispor nem (só) da natureza — ou seja, dos impulsos, do entusiasmo corporal, por assim dizer —, nem (só) da sequência de suas ideias — ou seja, de sua erudição, de seus conhecimentos sobre as adequações —, mas também se sua imaginação, que cria cenas despegadas da vida material concreta. Finalmente, chega-se, em arte, à ideia estética de que o *gosto* (a assembleia inescapável do público) é uma instância a ser transgredida, a ser transformada, a ser violada, por assim dizer, de modo a dar acesso a uma verdade sub-institucional (subcivilizatória) que tem a ver com a sensibilidade (molecular, vital, corporal) do público formado por indivíduos em transformação, em devir. Somente o artista *genial*, que se deixa afetar, que sabe deixar fluir sua energia que, diferentemente da tradição pré-moderna, nada mais tem a ver com a *evidentia* como preceito retórico puro ligado à concepção de verdade pré-moderna (pela qual a *enargeia* elevaria o discurso ao nível da intensidade da revelação do todo cosmológico), agora parte das cordas sensíveis do *gênio* e atinge as mesmas cordas dos espectadores ou leitores, propondo um novo *gosto* a partir da experiência de afetação verdadeira de produtor e receptor, intermediados por uma forma artística que, universalizada, no entanto guarda a força originária das afetações sofridas pelo autor/gênio – ultrapassando os constrangimentos já institucionalizados como *status*, erudição, racionalidade, cálculo, e mesmo frivolidade de salão, prazeres fúteis que nos afastariam de nossas verdades subcivilizatórias.

Bibliografia

DELON, Michel. *L'Idée d'énergie au tournant des Lumières – 1770-1820.* Paris: PUF, 1988.

DELON, Michel. Prefácio a *Supplément au voyage de Bougainville* de Denis Diderot. Paris: Gallimard, 2002.

---

ne dispose ni de la nature ni de la suite de ses idées; il est transporté dans la situation des personages qu'il fait agir". Trad. nossa.

DELON, Michel. *Diderot cul par-dessus tête.* Paris: Albin Michel, 2013

DESNÉ, Roland. "Un inédit de Diderot retrouvé en Amérique ou Les objections d'un matérialiste à une théorie idéaliste de l'homme", *La Pensée. Revue du rationalisme moderne*, 118 (1964). Acessado em 22 de janeiro de 2020, https://gallica.bnf.fr/ark:/12148/bpt6k58160373/f95.vocal

DIDEROT, Denis. "Ceci n'est pas un conte", em: *Œuvres.* Paris: Gallimard, 1951.

DIDEROT, Denis. "Éloge de Richardson", em: Œuvres, org. André Billy. Paris: Gallimard, 1951.

DIDEROT. Denis. "Paradoxe sur le comédien", em: Œuvres, org. de André Billy. Paris: Gallimard, 1951.

DIDEROT, Denis. "Sur l'inconséquence du jugement public de nos actions particulières", in: *Œuvres,* Paris: Gallimard, 1951.

DIDEROT, Denis. "L'Article Génie", em: *Œuvres esthétiques*, org. de Paul Vernière. Paris: Garnier Frères, 1968.

DIDEROT, Denis. "Discours sur la poésie dramatique", em: *Écrits sur le théâtre. 1. Le drame.* Paris: Pocket, 1995.

DIDEROT. Denis. "Entretiens sur le Fils Naturel", em: *Écrits sur le théâtre. 1. Le drame.* Paris: Pocket, 1995.

DIDEROT, Denis. *Le rêve de D'Alembert.* Paris: Flammarion, 2002.

DIDEROT, Denis. Os Pensadores. São Paulo, Abril Cultural, 1979. Trad. Marilena Chauí; Jacó Guinsburg.

DIDEROT, Denis. *Supplément au voyage de Bougainville.* Paris: Gallimard, 2002.

DIDEROT, Denis. "Carta a Paul Landois", trad. de Luís Manuel A. V. Bernardo em: *Cultura. Revista de História e Teoria das Ideias,* vol. 34 (2015),

DIDEROT, Denis. Os Pensadores. São Paulo, Abril Cultural, 1979. Trad. Marilena Chauí; Jacó Guinsburg.

Duflo, Colas. "Conséquence morale et écriture philosophique chez Diderot", *Cultura*, vol. 34 (2015), acessado em 20 de dezembro de 2020: https://journals.openedition.org/cultura/2460#ftn11.

FUMAROLI, Marc. *Héros et orateurs. Rhétorique et dramaturgie cornéliennes*. Genebra: Librairie Droz, 1996.

HANSEN, João Adolfo. "Categorias epidíticas da *Ekphrasis*", em: *Agudezas seiscentistas e outros ensaios*, org. de Cilaine Alves Cunha e Mayara Laudanna. São Paulo: Edusp, 2019.

ISRAEL, Jonathan. "Deux philosophies morales en conflit", em: *Une révolution des esprits*. Marseille: Ed. Agone, 2017.

KOSELLECK, Reinhart. *Crítica e crise*. Trad. Rio de Janeiro: Eduerj/Contraponto, 1999.

MATOS, Franklin de. *O filósofo e o comediante*. Belo Horizonte: Editora UFMG, 2002.

MORTIER, Roland. *Clartés et ombres du siècle des lumières*. Genebra: Librairie Droz, 1969.

SILVA, André Luiz Barros da. "Um narrar a menos: o Conselheiro no Memorial de Aires", em: *À roda de Machado de Assis. Ficção, crônica e crítica*, org. de João Cezar de Castro Rocha. Chapecó: Argos, 2006.

SILVA, André Luiz Barros da. *Sensibilidade, coquetismo e libertinagem. A* Pamela *inglesa, as* Pamelas *francesas e as mudanças éticas e estéticas no século XVIII*. São Paulo: Alameda, 2019.

STAROBINSKI, Jean. *Ação e reação*. Trad. Rio de Janeiro: Ed. Civilização Brasileira, 2002.

STAROBINSKI, Jean. *Diderot, un diable de ramage*. Paris: Gallimard, 2012.

Alameda nas redes sociais:
Site: www.alamedaeditorial.com.br
Facebook.com/alamedaeditorial/
Twitter.com/editoraalameda
Instagram.com/editora_alameda/

Esta obra foi impressa em São Paulo no primavera de 2024. No texto foi utilizada a fonte Bembo Regular em corpo 10,5 e entrelinha de 15 pontos.